Dr. Gonzalo Morandé

La edad más difícil

vivir mejor

Dr. Gonzalo Morandé

La edad más difícil

Qué sienten y cómo piensan las nuevas adolescentes

temas'de hoy.

Colección: VIVIR MEJOR

Paseo de Recoletos, 4. 28001 Madrid
Diseño de la colección: Luis Sanz Cantero
Fotografía de cubierta: Corbis Digital Stock
Primera edición: marzo del 2000
ISBN: 84-8460-002-5
Depósito legal: M. 5.315-2000
Compuesto en Fernández Ciudad, S. L.
Impreso en Lavel, S. A.
Printed in Spain-Impreso en España

ÍNDICE

CUARTA PARTE

A mis pacientes y sus familias.
A mi familia.

INTRODUCCIÓN

Muchas veces he pensado en mi trabajo de psicoterapeuta de adolescentes y en pocas ocasiones he encontrado una definición adecuada, al menos una única definición. Soy una persona que está presente en la vida de las jóvenes y sus familias, a veces durante mucho tiempo. Escucho más de lo que instruyo y trabajo según mis posibilidades, y casi siempre con la ayuda de otros, para enderezar historias estancadas o que parecen rotas, historias mal construidas o que han escapado del control de sus dueñas. Recuperar el relato vital de forma aceptable y encontrar las vías de desarrollo y los recursos para cada adolescente parecen ser los objetivos primordiales del proceso terapéutico.

En mi consulta, el dolor mental está casi siempre presente, como lo está el dolor físico en la consulta del médico general. La intensidad del dolor suele limitar seriamente a quien lo sufre y expandirse a quienes le rodean, en una ola difícil de contener. Aliviar este dolor, abreviarlo, compartirlo, entenderlo y, a su vez, darlo a entender es otro de los objetivos que perseguimos.

Cuando en Temas de Hoy me encargaron un libro sobre las adolescentes basado en mi propia experiencia clínica, desaparecieron de mi cabeza todas las historias y necesité dos meses para que algunas volvieran a aflorar. Poco a poco fueron llegando, ocupando su lugar, organizando los capítulos, con la dificultad añadida de que estas historias de mis pacientes —en las que, por supuesto, se utilizan otros nombres— debían mezclarse y transformarse para dar una idea de conjunto. A lo largo de estas páginas las he dejado hablar, porque sus breves relatos son más importantes que mis comentarios.

En los últimos veinte años las adolescentes españolas y sus padres han cambiado de forma radical; en realidad, no sé si han cambiado más unas u otros. En cualquier caso, espero haber sabido recoger dicha evolución.

PRIMERA PARTE

1. Carta de Luisa

«Querida madre, ¿o prefieres que te llame Mary?:

Me empujan a escribirte mis *host fathers*, y también Ainhoa y María, con las que he hablado por teléfono. Todos los que forman parte de este pequeño mundo al que me mandaste a aprender inglés este verano. Seguramente algo habrán notado, ya que insisten en que te llame o te escriba. Y yo prefiero escribir, tú lo sabes; por teléfono no puedo hablar contigo, siempre he tenido la sensación de que me regañas cuando llamo y alejo el auricular para no oírte.

He pensado mucho —en este pueblecito de Virginia sobra tiempo para pensar— y eso a mí me asusta. Tu llamada del jueves pasado me dejó helada, no sabía qué decir; perdona si te corté, pero se me llenaron los ojos de lágrimas y el teléfono casi se me cayó. Las otras dos veces que llamaste no quise ponerme, no estaba preparada. No podía creer que hubieras aprovechado mi ausencia para casarte con Julián. Entre paréntesis, felicidades, creo que es lo que se dice. Yo sabía lo de Julián. Cuando me lo presentaste aquel día al llegar a casa ya estaba enterada. Me hice la desentendida y creo que fui educada, aunque me miraste con esa mirada tuya de reprobación que tanto me molesta cuando me fui a mi habitación. También lloré y bien sabes que no soy llorona, pero estaba segura de que ese hombre era más que un amigo.

Llevamos 5 años juntas desde que papá y tú os separasteis. Recuerdo lo mal que lo pasaste, aunque siempre has insistido en que era yo la que sufría por la ida de mi padre. Tú te preocupabas por mí y yo por ti, una buena disculpa para ambas. Creo que nunca lo hablamos, pero a diario me preguntabas cómo me sentía. Día a día te mentía para tranquilizarte, te veía tan sola, hasta ridícula... Te volviste chillona e intolerante, y empezaste a encontrar que estaba mal todo lo que hacía; a mí me pasaba lo mismo contigo, llegué a encontrar razonable que mi padre no te aguantara y me decía que yo también me largaría en cuanto pudiera. Fuiste a hablar al colegio y le contaste a mi horrible tutora que entonces me iba mal en los estudios por vuestra crisis. Te sentí como una delatora, y además mentirosa, ya que estaba convencida de que no era ésa la razón. Te oí hablar de mí con tus amigas, perdona, pero las veía como unas viejas estúpidas y amargadas tan negativas como tú, y así me explicaba que algunas estuvieran separadas y las otras hablaran pestes de sus maridos. No pude evitarlo, pero escuché algunas conversaciones durante ese tiempo.

A mi padre le veía poco, tan sólo los fines de semana; estaba ausente. Creía comprenderle cuando íbamos en el coche en silencio a la casa de la abuela. Sé que no la quieres, debo darte la razón; para ella el divorcio de su único hijo era un fracaso, el fracaso de papá, pero también el suyo. Yo no sabía que papá tenía una "amiga", como dicen los mayores, una novia un poco mayor que yo. Ese verano me llamó por teléfono para invitarme a cenar con él y dijo que tenía una sorpresa para mí; se le oía nervioso y me temí lo peor. Ahí estaba ella, muy bien arreglada, como tú nunca has ido, muy fina y educada. Se presentó antes que mi padre articulara palabra: "Soy Sonia —se acercó con una sonrisa—, seguro que eres Luisa, no te imaginaba tan mayor y tan guapa." No pude evitar sonreírle y aceptar su beso de bienvenida, al mismo tiempo que me parecía ridícula; vestía como una mayor y eso de llamarme Luisa y mayor me parecía ridículo.

Me hizo mucho caso y a ratos me sentí bien con ella. Todo lo que decía de mí era bueno y mi padre asentía orgulloso. Me hizo tantos halagos en tan poco tiempo..., más que tú en toda mi vida, y no me regañó ninguna vez, ni siquiera cuando me puse a estornudar sobre el segundo plato, tan fuerte como tú sabes y de forma imparable, como a ti te desespera. Me llevó al cuarto de baño y me apretó la nariz con su pañuelo con una habilidad de enfermera. Un punto para Sonia, pensé, y le pregunté si se dedicaba a controlar a "estornudas". Le gustó el apodo y, nuevamente sonriendo, me sacó del error explicándome que trabajaba en una financiera y que era la primera vez que intentaba parar unos estornudos en salva. Volví a casa confundida, no me atrevía a decirte nada, tú ya sabías que pasaría las vacaciones con mi padre en Menorca. Me daba pena dejarte y tú insistías en que te daba pena que me fuera con el pelma de mi padre. No fueron unas malas vacaciones, aunque durante quince días me sentí fuera de lugar, haciendo lo posible por no molestar y ser agradable. De ellos no puedo decir nada malo salvo que me molestaba mirarlos.

Cuando volví a tu lado te encontré más rara que nunca y creí que tenía la madre más estúpida del mundo. No te cuidabas, fumabas mucho y te dio por la cerveza; a mí me criticabas por lo mismo y, lo que es peor, todos los días me decías que estaba engordando, lo que me cabreaba profundamente. Por esa fecha conocí a Gustavo, un bendito, y bendito el momento que apareció en mi vida. Me enamoré como una tonta y me olvidé de ti, por supuesto de mi padre y también de preparar los exámenes de septiembre. Era la primera vez que tu única hija, una alumna brillante, suspendía en junio y cateaba en dos asignaturas de septiembre. Como era normal, me echaste la bronca y la verdad es que me la merecía. Perdí peso y hasta creo que crecí. Todos los chicos me encontraban buenísima.

No me di cuenta de tu recuperación. Quizás pensaba que te habías quedado para siempre así, muy odiosa. La primera vez que atendí una llamada de Julián creí que era una equivocación o un tema de tu trabajo. Jamás imaginé que un hombre pudiera interesarse en ti. A mí me costó mucho darme cuenta de que mi padre no me quería o que, si lo hacía, era con baja intensidad; puede que a ti te costara más. Tu idea de mandarme a la consulta de una psicóloga fue buena, olvida todas las barbaridades que he dicho antes. En las sesiones os ponía verdes a papá y a ti, y creía tener todos los motivos del mundo para ser desgraciada: un papá un poco tonto al que yo no le interesaba y una mamá regañona y todavía en la edad de piedra.

Si bien me sentía una campeona de la incomprensión familiar, en realidad no estaba tan mal. Por razón de genes, por herencia, no había explicación, como veíamos con mi terapeuta, ni tampoco por la educación recibida, dadas las características de mis padres; así que, si no era infeliz —incluso me sentía moderadamente feliz—, debía ser que no me enteraba, hipótesis que parecía interesarle a mi terapeuta. Pero también esta hipótesis fue descartada, ya que me enteraba de todo menos de aquello que se refería a ti. No era feliz, al menos exclusivamente, por la presencia de Gustavo, ya que desapareció de mi vida con motivo de un traslado de sus padres; su vacío, como se dice en las novelas, fue llenado por Luis, Ramón, Gustavo (otro) y ahora Luis nuevamente. Esta capacidad para sustituir novios es mirada con complacencia por mi terapeuta, al que creo que le divierten mis cambios; tiene buen humor, cosa de la que tú pareces carecer. Al principio hablaba más de papá y de ti, después le dediqué unas sesiones a la pedorra de Sonia y últimamente hablamos de Julián. Aunque, si soy sincera, cada vez dedico más tiempo a mis chicos, mis amigas y a la pequeña Luisa, yo.

Seguí de lejos y sin demasiado interés tu relación con Julián; incluso el día que me lo presentaste no quise pensar nada malo, o nada bueno, según como se tome. Para mí eras como una viuda, al menos hasta que yo me fuera de casa, y como tengo 17 años de hija y tú 17 de madre, me parecía que el tiempo no tenía prisa.

Tu interés en mandarme dos meses a este horrible lugar, diciéndome que te quedabas en Madrid por cuestiones de trabajo, cuando nunca perdonas tus vacaciones en Laredo, y tu insinuación respecto a un cambio de casa cuando yo regresara me hicieron sospechar. No te lo puedo perdonar, ¡no contar conmigo para un hecho tan importante! Según Ainhoa y María, las hijas suelen ser invitadas a las bodas de sus madres. Cuando mi padre se casó —y el muy tal por cual aceptó hacerlo por la iglesia y de pingüino—, tú y yo nos reímos mucho, pero me obligaste a ir, aunque no fue necesaria mucha presión ya que yo tenía ganas de cotilleo. Aquella vez nos reímos juntas a costa de tu ex marido y mi ex padre, pero tú, una mujer seria y de principios, casarse a escondidas y sin su hija predilecta... es una putada, perdón.

Sé que te perdonaré. Creo ser una buena persona, aunque no puedo evitar una lágrima al pensar que no cuentas conmigo. En secreto te diré que siempre he contado contigo y que siempre contaré. Añoro reír juntas, como lo hacíamos antes. ¿Te ha devuelto Julián la risa? Si no lo hace, es un cabrón.

Desde un lugar sin nombre a fines de verano de 1999,
tu hija Luisa (si prefieres, "Petite Louise").»

2. Hacerse mayor, hacerse mujer

La consulta nos da a los profesionales una visión particular del desarrollo normal, puesto que nos permite observar en la evolución, por ejemplo, de una niña todas las características de su proceso biológico: momentos de detención, de retroceso, de distorsión... Suelen ser los padres quienes nos traen a sus hijas, preocupados, a veces alarmados, al constatar que algo no anda bien y percibir en su conducta o en lo que ellas dicen un cierto grado de sufrimiento cuyos alcances desconocen.

En un extremo se encuentran los padres atentos, incluso alarmistas, que ante pequeños signos piden consejo; en el otro, aquellos que están tan a lo suyo que no perciben el malestar de sus hijas, algo que resulta evidente para profesores y abuelos. Algunas consultas son innecesarias para las chicas, pero tranquilizadoras para los adultos; otras, se tarda demasiado en hacerlas o nunca se llevan a cabo.

DE NIÑA A MUJER POR ETAPAS

Partiendo de que cualquier clasificación resulta artificial dada la amplitud de variaciones individuales y lo poco delimitadas que están las etapas del desarrollo, la que sigue representa tan sólo un pequeño esfuerzo didáctico para ejemplificar los cambios que pueden observarse en las niñas progresivamente.

Preadolescencia

El período de los 9 a los 12-13 años se inicia con pequeñas modificaciones, muchas de ellas de naturaleza emocional y otras relacionadas con la forma de pensar, se concreta al iniciarse el desarrollo puberal, adquiere especial celeridad durante el estirón de crecimiento físico y culmina con la aparición de la menarquia o primera menstruación. Comienza la llamada «edad del pavo», que afecta a una buena parte de las niñas y que en muchas ocasiones continúa después de la primera regla.

Adolescencia temprana

Unas chicas llegan a esta etapa antes que otras. Por lo general se inicia hacia los 12 años y se extiende hasta los 14-15. Continúa el crecimiento físico hacia una plenitud fisiológica que ahora integra claramente los caracteres sexuales, lo que diferencia a las chicas de sus colegas masculinos.

El cambio físico interno y externo condiciona la forma de ir por la vida y relacionarse. A la vez, se abre un intenso y extenso proceso de modificaciones en la manera de ser, pensar y sentir que viene a reemplazar estructuras anteriores. El cambio físico antecede al mental y así encontramos cuerpos y comportamientos avanzados en cabezas de niñas. Algunos esquemas aún infantiles se superponen en chicas que empiezan a desarrollar una lógica formal.

Aunque les queda mucho de pavo y también de «pato feo», a los 15 la mayoría de las chicas están completamente «locas», destacando una actitud de clara omnipotencia, sobre todo cuando se juntan muchas y controlan el ambiente.

Adolescencia media

Es la etapa que va de los 14-15 años hasta los 17. Por suerte en esta época las adolescentes son estudiantes y tienen muchas actividades, ya que en la calle pueden resultar temibles. Dotadas de un cuerpo joven y sexuado, ensayando día a día el sistema de control y búsqueda de riesgos, jugando a seducir y a inventar historias para recordar, a obedecer y desobedecer, a definir lo legal e ilegal, a graduar su angustia, su melancolía o su capacidad de compromiso, se convierten en exploradoras impenitentes de todo.

Los estudios, el buen funcionamiento de los grupos de jóvenes, la influencia de muchos padres que ejercen como tales y algunos educadores ayudan a las chicas a sobrellevar este complicado período.

Final de la adolescencia e inicio de la fase juvenil

Es la etapa que va de los 17 a los 19-20 años, cuyas fronteras resultan bastante difuminadas. Algunas chicas empiezan a ser un poco más responsables a los 16-17 años, todavía en el instituto o colegio; otras al iniciar la universidad, en su primer o segundo curso. Menos «cabras locas» y más seguras de sus recursos, van ampliando su universo tanto de amistades como de opiniones, si bien no es extraño que se produzcan retrocesos hasta lograr una mejor integración personal. Por primera vez puede aparecer con nitidez la distinción entre pasado, presente y futuro.

Juventud media o adultez joven

Es la etapa a partir de los 20 años, que suele culminar cuando se termina la universidad, se encuentra algo parecido a un trabajo o se forma una pareja para salir de casa.

Un adulto joven es sinónimo de emancipación económica y personal, pero existe cierto acuerdo respecto al alargamiento de esta etapa, por diversos condicionamientos sociales, hasta una edad que no hace mucho era la de tener hijos.

Como ya hemos dicho, resulta bastante arbitrario hablar de estas etapas y sus características, puesto que no existe una única perspectiva. En sociedades como la nuestra, muchos adolescentes siguen siéndolo largo tiempo, a diferencia de hace 40 años, cuando la gente tenía que integrarse al trabajo inmediatamente, por motivos sociales y económicos. Es ésta una de las razones por las que les cuesta tanto a padres mayores y abuelos entender a los jóvenes.

DE NIÑA A MUJER EN SUS MANIFESTACIONES CLÍNICAS

Depresión a los 9 años

A veces la primera manifestación del comienzo de la adolescencia o, mejor aún, del final de la infancia es un proceso depresivo que se da especialmente en niñas y que parece tener relación con la elaboración del concepto de muerte como algo inevitable. Normalmente se expresa como decaimiento, apatía, reflexiones llenas de tristeza sobre el paso del tiempo, temor a crecer y múltiples miedos, la mayoría de ellos ligados a la posible muerte de algún ser querido y, especialmente, a la idea de que le pase algo a su madre. Gritos por la noche, carreras a la cama de los padres, rituales obsesivos y afición a las películas de miedo son muy frecuentes. «No quiero que te mueras, mamá, ni que te vayas», dice Alba entre sollozos cuando su madre acude a consolarla.

En ciertas ocasiones existe el antecedente de la muerte de una abuela o de la madre de una amiga, o el haber pasado recientemente por una enfermedad, como en el caso de Alba, inmovilizada durante dos meses por un problema que tuvo en las piernas. Pero lo más habitual es que nada haya ocurrido y que se trate de una preocupación por el paso del tiempo, por el propio crecimiento y por lo que pueda suceder en el futuro.

Leticia: soñando con ladrones

Un día, Leticia fue invitada a un pijama-party en casa de una amiga. Marchó muy contenta y excitada, sin saber muy bien en qué consistía la fiesta, salvo que pasarían la noche juntas y que verían películas. Cuando su padre fue a recogerla, ella no quería volverse y le pedía que la dejara un rato más.

De vuelta a casa, se durmió como un tronco, pero hacia las 12 de la noche despertó gritando y llamando a sus padres que aún estaban despiertos. Tenía miedo y pedía que la acompañaran. La dificultad en el sueño se agravó en los días sucesivos: temía irse a la cama y atravesar sitios oscuros.

Leticia había estado en nuestra consulta cuando tenía 3 años, también porque entonces tenía miedos y debía dormir en la cama de sus padres. Su hermana menor, Adela, con 2 años, se despertaba igualmente e intentaba seguirla. Le costó mucho esfuerzo a la madre enseñarles a dormir solas. En un paso a paso, primero lo hicieron en la alfombra de los padres, luego en otra de su habitación y finalmente en su propia cama, tranquilizadas por la voz lejana de su madre que simulaba tener un sueño tremendo y casi no poder con su alma, lo que era bastante real.

Ahora, con 9 años, la situación de Leticia se repite, y también la de la pequeña. Leticia dice soñar con ladrones y con muertos; sueños que no solamente recuerda, sino que asegura ver a los cacos subiendo por su ventana. En sus amigas —quienes poco después empiezan a tener iguales dificultades— encuentra una entusiasta recepción: discuten con gran interés las características de los ladrones, que para algunas son fantasmas; se juntan por la noche en distintas casas para ver las películas que alquilan con la complicidad de unos padres despistados... hasta que la madre de Leticia se pone de acuerdo con otras madres para poner fin a estas invitaciones nocturnas, so pretexto de que deben madrugar más ya que pronto se acaba el curso.

Las películas no eran, obviamente, causa de los miedos de la niña, sino éstos, más bien, fruto de su edad y del desarrollo de su mundo interno. Leticia trabajó el problema con su psicóloga, mediante dibujos y relatos —actividad que continuó posteriormente en un taller de creatividad infantil, ya que se le daba muy bien escribir y ello le permitía expresarse— hasta normalizar su ciclo de sueño y conseguir que sus fantasías no pudieran con ella.

El largo silencio de Candy

Candy, también de 9 años, quedó profundamente afectada por la muerte de la madre de su amiga Silvia, quien se suicidó. Por casualidad, le tocó observar el cadáver cubierto con mantas a la salida de casa, seguramente a la espera del juez. Cuando regresó, aterrada, fue incapaz de contarle nada a su madre; sólo le dio un beso y se fue corriendo a su habitación. No logró sacarle qué le había sucedido, hasta que la llegada de Víctor, su hijo menor, vino a aclarar la situación al contarle el triste incidente ocurrido en el mismo portal.

Candy no se tranquilizó con los esfuerzos de su madre y más tarde de su padre. Cuando intentaban acercarse, les gritaba que la dejaran tranquila. Le dieron un tranquilizante y la acompañaron hasta entrada la noche, sin conseguir dormirla. Al día siguiente, continuó sin hablar y tampoco lo hizo en el colegio, adonde sus padres la enviaron para recuperar la normalidad. Durante unos días sólo se comunicó con una de las profesoras, contestando escuetamente a las preguntas que le hacía sobre sus deberes escolares. Dejó de jugar y había que insistirle para que comiera. Parecía incluso más afectada que su amiga Silvia, que también volvió al colegio.

En un principio, tampoco habló en la consulta, pero aceptó dibujar mientras la madre iba explicando la situación. No manifestaba ningún interés por relacionarse conmigo, menos aún por quedarse a solas, pero escuchaba con especial atención el relato de su madre, a quien miraba a hurtadillas. Los dibujos eran garabatos que repasaba una y otra vez hasta casi borrarlos; al finalizar la entrevista, los arrugaba y se los metía en el bolsillo del abrigo.

Decidimos seguir con esta fórmula —que viniera a la consulta y escuchara a su madre hablar de ella— y fuimos reconstruyendo sus 9 años de vida desde el embarazo. Se recordó que siempre había sido una niña normal, aunque un poco seria y arisca. Tenía algunas dificultades para alimentarse y hacer amigas, pero había ingresado en el colegio sin problemas y aprendía con facilidad. En alguna ocasión, por un disgusto con su profesora, había estado varios días sin hablarle, hasta que decidió perdonarla. Recuerda también la madre una actitud parecida de la niña cuando nació su hermano. Los primeros meses fueron turbadores para ella: se encontraba triste, comía peor y demandaba más atención de su madre, lo que a ésta no dejaba de exasperarla porque se sentía sobrecargada con el pequeño y con su trabajo, que ya había reiniciado. «Hay algo en Candy que me produce fastidio —reconoce la madre—, puede ser muy exigente y rencorosa.» Candy escucha, mira a su madre más detenidamente y vuelve a dibujar, ahora con más calma.

«No he tenido mucha ayuda —dice la madre como disculpándose—. Mi marido llega tarde y es poco colaborador. A veces pienso que si yo tuviera a mi madre sería todo más fácil. Ella murió cuando yo tenía la misma edad de Candy. Mi hija lo sabe y hace aproximadamente un año que está preocupada; me pregunta a menudo si yo me moriré a la misma edad. Creo que por eso le ha impresionado tanto lo de nuestra vecina, aunque no entiendo por qué me rechaza tanto y se muestra enfadada, como si yo le hubiera hecho algo.» Candy la mira nuevamente y escribe en el papel: «Mamá no se muere.» A continuación, raya encima de lo escrito hasta hacerlo casi ilegible.

En los días siguientes, empieza a hablar con sus compañeras y en casa se pelea con Víctor, al que «dedica» una serie de insultos muy claros. Su humor y su capacidad para jugar también mejoran. No vuelve a dirigir la palabra a su madre hasta que se cumple un mes y medio desde el inicio de su mutismo, aunque le contesta con la cabeza y sigue algunas de sus instrucciones. Vuelve a la normalidad cuando cumple 10 años y le pide autorización para invitar a sus amigas.

De mí se despide el día que terminábamos el tratamiento, cuando no esperaba ya nada más de ella. Deja un dibujo sobre mi mesa y me dice: «Es para ti.» Al salir de la habitación, delante de su madre, se despide con un «adiós doctor» y un gesto casi cariñoso.

Síndrome de las pastorcitas

Algunas niñas en la etapa previa a la menarquia, cuando están en pleno desarrollo y cada día parecen crecer un poco más, pasan por un periodo de extrema sensibilidad en el que no es infrecuente que tengan visiones, acompañadas de voces y con contenidos místicos o ligados al cambio de niña a mujer. Es lo que se conoce como «síndrome de las pastorcitas», aludiendo a una epidemia de pequeñas visionarias a las que se les aparecía la virgen en los alrededores del santuario de Guadalupe (Extremadura).

Fuera de este contexto pastoril, ya en la vida actual y urbana, cuando una niña dice tener visiones existe un motivo justificado de alarma y se recomienda llevarla al médico para descartar procesos neurológicos que puedan explicar el cuadro clínico, así como otras enfermedades pediátricas, intoxicaciones y, por supuesto, la posibilidad de que se esté iniciando un proceso psiquiátrico grave.

Olga y el hada

Olga es una niña de 11 años, rubita, con un flequillo sobre su frente y una cara graciosa un poco regordeta. Se le ha comenzado a desarrollar el busto, clara señal de la etapa en la que se encuentra. Viene a consulta asutada por lo que le está pasando y animada por sus padres, quienes la acompañan para que cuente lo que le ha sucedido. Parece ansiosa de hablar y, de forma correcta, aunque con una dicción algo repipi, empieza su relato:

«Tengo visiones, eso dicen, pero es verdad, lo juro. La veo a ella, como yo pero más grande, creo que tendrá 18 o quizás 20 años. Es muy guapa, con el pelo rubio largo, muy largo, hasta la cintura (hace un gesto mostrando hasta dónde llega el pelo del personaje). Su piel es muy blanca, como la de esas japonesas que se echan polvo de arroz; eso me da un poco de miedo, que sea tan blanca. Lleva una túnica también blanca que la cubre de la cabeza a los pies y parece caminar sin hacer ningún ruido.

La primera vez que se me apareció fue en el pueblo de mi padre. Yo estaba en la cama leyendo, ese día no tenía sueño, y de repente la vi, sin que se abriera la puerta. Me miró sonriente, hizo un gesto con la mano para que no gritara y me dijo: "Yo soy tú cuando seas más grande. Cuando cumplas 12 años vendré a buscarte. Yo me transformaré en ti y tú en mí. Y, para que te vayas acostumbrando y no tengas miedo, vendré todos los días a tu habitación antes de que te duermas. Preferiría que esto quedara entre tú y yo." Luego desapareció, sin que me diera tiempo a decir nada. Tampoco se me ocurría qué decir, y lo extraño es que no tuve ningún miedo.»

Hasta aquí la niña hace su relato buscando mi atención y explorando en alguna forma mi reacción. A mis preguntas responde con seguridad descartando que hubiera estado dormida, soñando o volviéndose loca. Sus padres, que la han escuchado más de una vez, parecen convencidos y me cuentan que ya le han hecho un estudio médico muy serio y que es el neurólogo quien, además de ellos, quiere conocer mi opinión. Olga no parece especialmente preocupada, salvo de que le crean. A las nuevas preguntas contesta con nuevos detalles, y va enriqueciendo su historia en las sucesivas consultas.

No se aprecian alteraciones psicopatológicas sugerentes de un cuadro psicótico; tampoco ha hecho Olga una divulgación masiva de sus hallazgos, lo que seguramente la habría hecho muy popular entre sus congéneres. «Se lo conté a mi madre al día siguiente —dice—. Aunque ella me pidió que guardara el secreto, a mí me empezó a entrar miedo. Mamá se lo tomó un poco a guasa, pero me hizo caso y por la noche me acompañó a la habitación. Nada, no vino nadie. Al día siguiente volvimos a Madrid y esa vez sí que vino. Usted me preguntó cómo podía saber yo que su pelo le llegaba hasta la cintura si llevaba una especie de manto. Lo que se veía eran las puntas de ese pelo rubio por debajo de la capa, a los lados y a esa altura. Me fijé en una joya muy hermosa que llevaba en su dedo anular. Me miró, sonrió y me hizo pequeños gestos para tranquilizarme. Ella tiene la virtud de tranquilizarme, a mí que soy tan miedosa. Y me repitió su mensaje: "Faltan pocos días para que yo sea tú y tú seas yo. Entonces tendrás un anillo como el que yo llevo", y otra vez desapareció.»

Transmití a los padres de Olga, en su presencia, que estas visiones me parecían un fenómeno de transición propio de la pubertad y que normalmente pasaban tras la aparición de la menstruación o en sus primeros ciclos. No era partidario de usar medicación, pero sí me parecía necesario hacer un seguimiento cercano del tema mediante llamadas telefónicas. Les recomendé continuar con la escasa difusión del problema y escuchar a Olga como si lo que dijera fuera lo más natural del mundo. También que se le informara un poco más sobre el alcance de la menstruación, que parecía inminente dado el desarrollo de la niña: características, molestias, regularidad, medidas de higiene y significación en tanto que inicio de un importante cambio personal. La niña se apresuró a preguntar si sus visiones eran por no tener la regla, ya que algunas amigas ya la tenían. Se le explicó que no, que estaba viviendo un período de especial sensibilidad y que éste duraría un tiempo para luego desaparecer, incluso sin que ella se diera cuenta.

El fenómeno tardó aún tres meses en desaparecer, dos meses después de la menarquia. Olga, que hoy tiene 19 años, nunca ha vuelto a tener visiones y ahora en bromas dice haber «perdido facultades».

El espejo de Mónica

Mónica se quejaba hace algún tiempo de que Raquel, su madre, no salía a ninguna parte. Raquel era madre soltera y había criado a Mónica sola, con la ayuda ocasional de la abuela en vacaciones. Raquel trabajaba como enfermera con un horario extenso, lo que hacía que Mónica pasara muchas horas sola y con más posibilidades de dejarse llevar por su imaginación, especialmente ahora que tenía 13 años.

Mónica era una estudiante regular. Simpática y comunicativa, era bien aceptada por sus amigas y por el grupo del barrio, en el que también había chicos. Pero algo estaba cambiando en ella: no sólo su cuerpo se había desarrollado, sino que se encontraba más inestable, más sensible y más erotizada.

Durante un largo fin de semana en el que Raquel estaba de guardia, Mónica se quedó a cargo de una amiga de su madre porque debía estudiar; sus notas no eran demasiado buenas. Miraba distraídamente la pared de su habitación cuando notó algo raro en el espejo. Prestó más atención y le pareció ver un círculo rojo, como con una foto dentro, y debajo del círculo unas letras. Se acercó y no se lo podía creer: en el círculo rojo, marcado con sangre, o al menos así le parecía a ella, estaban todos sus amigos del barrio decapitados. La sangre se deslizaba hacia abajo y, al llegar a la parte inferior, formaba unas letras que decían: «15 de junio». Mónica soltó una exclamación, «aunque no grité», recuerda en consulta. Salió corriendo hacia el saloncito donde estaba la amiga de su madre, quien había dejado una nota en la que avisaba que había bajado a comprar tabaco y que volvería muy pronto. Volvió nuevamente a su cuarto y pudo comprobar que las figuras seguían ahí y que eran siete, cuatro chicas y tres chicos, con las cabezas separadas de los cuerpos. Ella no se encontraba entre los cuerpos. Miró la fecha del 15 de junio y pensó con horror que era el día del examen final de matemáticas, tres semanas más tarde.

Cuando regresó la amiga de su madre, la llevó corriendo a la habitación, pero no había nada. «Te estás volviendo majara —le dijo—, son niñerías seguro, a tu edad se ven burros verdes.» Pero Mónica no se tranquilizó, y empezó a preguntarse si no sería un aviso de algo horrible que iba a pasar en la fecha señalada. Al día siguiente, con mucha excitación, contó su hallazgo a los amigos, que se lo tomaron a cachondeo, según recuerda. Como ella insistió tanto, cinco de los siete supuestos cadáveres aceptaron subir a su casa y hacer una investigación. Tocaron, examinaron y dieron vuelta el espejo, incluso hicieron bromas un poco macabras, diciendo que no encontraban sus cabezas, y finalmente comprobaron que no había nada especial. Mónica terminó riéndose igual que ellos, aunque esa noche casi no pudo dormir y cada cierto rato volvía a mirar el espejo.

El domingo por la mañana, poco antes de que su madre volviera de la guardia, Mónica vio otra vez la escena en el espejo, con la única diferencia de que ahora estaba ella y, por el contrario, había desaparecido Juani, una de sus amigas. Al llegar su madre la abrazó llorando y le rogó que por favor la creyera, que ella sabía que no era mentirosa, que no era muy buena alumna pero que no era tonta... Raquel, que no sabía de qué le estaba hablando, entró a la habitación de su hija, pero no encontró nada extraño. Se preocupó mucho y por un momento pensó en el padre de la criatura, que en algún momento de su vida había estado loco o, al menos, ingresado en un psiquiátrico. Siempre había temido que viniera y molestara a la niña, quien no sabía nada de él.

En los últimos meses habían llamado por teléfono a menudo sin contestar cuando ella lo cogía. Raquel pensaba que era el padre de Mónica y lo comentó con sus compañeros del hospital, que intentaron tranquilizarla argumentando que eso le ocurría a mucha gente. Finalmente decidió asesorarse y de esa forma llegaron a mi consulta. La niña, segurísima de lo que había visto, se empeñaba en demostrar que no estaba loca en absoluto. Al escucharla con interés y sin críticas, se fue serenando y preguntándose sobre el significado de la imagen del espejo. La exploración neurológica y psiquiátrica, así como el escáner craneal, dieron resultados negativos.

A medida que fue cogiendo confianza, me transmitió su preocupación por que le pasara algo a sus amigos y también a ella, reconociendo que creía en «esas cosas», como ella las denominaba. Se refería a un pensamiento mágico en el que este tipo de avisos era posible. Con una sonrisa de complicidad, me contó que su madre era mucho peor que ella al respecto. Habló de sus amigos, con los que llevaba poco tiempo, y si bien creía que la aceptaban y que les caía bien, temía que si la conocían a fondo la dejarían de lado. Vivía con cierta vergüenza y sensación de minusvalía el tener un hogar monoparental; una vez más me insistió en que su madre lo llevaba aún peor. La preocupación de Mónica por Raquel era seria, ya que la veía muy desvalida.

Para mi sorpresa me habló también de su padre. Dijo haberle visto antes de Navidad, «una sola vez» —insistió—, a espaldas de su madre y a petición de su padre, que la llamó por teléfono. Le resultó una experiencia horrible. Su padre tenía una cara de subnormal que daba susto, olía a alcohol y «me miraba como si me fuera a regañar». Sus únicas palabras fueron: «Eres igual que tu madre»; se dio la vuelta y se marchó. «Por suerte no le he visto más, es un hombre que me da miedo.»

Mónica esperó con cierta impaciencia al 15 de junio. No pasó nada, salvo que la suspendieron en matemáticas y sus compañeros se rieron a cuenta de sus visiones. Pero, curiosamente, la anécdota aumentó su interés por ella y hasta se atrevió a contarles lo de su padre. Nunca volvió a ver nada raro en el espejo, aunque, por precaución, lo cambió por otro al cumplir 14 años.

Síndrome de la güija

A la güija han jugado varias generaciones. Lo que sorprende es su vigencia y el hecho de que jueguen niños y niñas de apenas 10 años, por lo general incrédulos y con una enorme habilidad para engancharse. La güija es una forma de espiritismo en el que se utiliza un tablero, dados y letras. A ello hay que sumar espíritus buenos y graciosos y otros perversos y malhumorados. Tanto los jugadores como los espíritus tienen días y no siempre están dispuestos para la ceremonia.

Haciendo espiritismo, muchos jóvenes viven experiencias inolvidables que provocan más de un trastorno e, incluso, algunos no pueden enfrentarse a ello por su enorme capacidad de sugestión. Sin embargo, lo difícil es impedirlo, ya que estos chicos suelen ser, precisamente, los más entusiastas practicantes, dispuestos a morir en su afirmación de que todo lo que en el juego ocurre es verdad.

Esther y el espíritu gruñón

Esther es una chica de 15 años graciosa, locuaz, sociable y vital. A la vuelta de unas vacaciones muy satisfactorias —«las mejores de mi vida» en su expresión, ya que salía a diario hasta muy tarde, conoció mucha gente e, incluso, encontró un amor verdadero—, se le ocurre jugar a la güija en una hamburguesería de Madrid. Sale emocionada de su sesión con los espíritus, ya que ha tenido suerte; un espíritu viejo y de mal genio ha venido a su llamada y le ha dado muy buenas noticias: Rafa le es fiel, no le pone los cuernos y, lo que es mejor, en las vacaciones de Navidad volverá a Santander, donde él vive. Esther, emocionada, se lo cuenta a su madre, pero al mismo tiempo comienza a invadirle la preocupación obsesiva de que algo malo puede pasarle e impedir que sea feliz.

Esta idea se vuelve cada vez más persistente. Se pregunta sin parar si algo malo va a ocurrirle. La madre intenta tranquilizarla, pero le resulta imposible: las dudas de la niña no hacen sino aumentar. «¿Le pasará algo a mi padre cuando se vaya de viaje? ¿Sere capaz de aprobar el curso de manera que me autoricen a ver a mi novio? ¿Tendrá mi madre un cáncer? ¿Se habrán dado cuenta mis amigas de lo que me pasa? ¿Se me notará en la forma de reír? ¿No estaré demasiado gorda? ¿Me habré vuelto tonta? ¿Seré homosexual? ¿Estaré embarazada?...» Las preguntas surgen a chorros, normalmente sin ninguna base de realidad, cada vez más absurdas y extrañas. Esther se las hace y se las contesta a gran velocidad. Surgen múltiples rituales para ahuyentar las preguntas: cuando habla por teléfono con sus amigas (más de una hora diaria), debe golpear la mesilla con los dedos contando hasta cien; cuando piensa que su sonrisa es falsa, debe soplar hacia arriba hasta elevar el flequillo; cuando piensa que algo inminente le sucederá, debe bostezar ostentosamente tres veces, y rezar tres avemarías y tres credos. Todo el día debe estar haciéndose preguntas para no quedárselas dentro.

Con la ayuda de una psicóloga, buena profesional, comienza una psicoterapia, pero la terapeuta debe retroceder ante el empuje de las obsesiones ya que, cuanto más habla, peor: Esther toma todas sus intervenciones como nuevas obsesiones. Es angustioso escucharla, aunque su tono hipomaníaco (eufórico) y su sentido del humor hacen que algunos pasajes sean especialmente risibles, así como determinadas reflexiones acerca de los numerosos interrogantes. Responde a la medicación en altas dosis y a un cierto aislamiento al que colabora su madre, una persona extremadamente serena. Se la ayuda a dormir, se busca calmarla animándola a entender «sus tonterías» —como ella las llama— como tales, por lo que no se le sigue su discurso, y se corta la comunicación con amigas y otra gente, salvo su madre y su médico. El cuadro va evolucionando positivamente y en tres semanas se encuentra en condiciones de reiniciar parcialmente sus estudios. Algo más tarde vuelve a la terapia, con más calma, y su psicóloga cuida mucho no superar en ningún momento el nivel de introspección que Esther puede permitirse sin sugestionarse.

Obviamente, la güija no es la culpable de esta historia, ni siquiera el espíritu gruñón; tampoco Rafa, su novio, que nunca se enteró de lo que le pasó a su chica al regreso de las vacaciones. Pero Esther aprendió que el espiritismo no es para ella, aunque no estoy tan seguro de que en alguna ocasión no intente otra conducta de riesgo.

Los cuadros, arriba descritos, de depresión infantil, síndrome de las pastorcitas y síndrome de la güija constituyen diversas etapas en la evolución del *juicio de realidad*, es decir, del desarrollo de criterios propios y de modulación de las fantasías. La mayoría de las niñas pasa por ellas sin aparente esfuerzo, casi no se nota, pero la minoría manifiesta unos síntomas que nos ayudan a recordar lo siguiente: que hay personas muy vulnerables, más vulnerables que otras, que exigen de un adulto cuidados especiales, al menos durante algunas temporadas.

3. Las jóvenes en España, hoy

Las niñas, adolescentes y jóvenes de la España actual son herederas de la revolución femenina, uno de los procesos sociales de mayor significación en el siglo XX que ha generado cambios en todas las áreas de desarrollo de la mujer a una velocidad vertiginosa. En tres generaciones se ha avanzado mucho más que en los siglos anteriores.

Este fenómeno no ha terminado y su profundidad, alcance, beneficios y también costes están en estudio. No obstante, hay algo que está claro: no es igual ser adolescente hoy que hace 100 años.

ADOLESCENTES Y MADRES MIRADAS DESDE UNA CONSULTA

En los últimos 25 años, nosotros, los clínicos, hemos sido testigos privilegiados. Por nuestra consulta han pasado niñas que hoy son madres y madres que hoy son abuelas. La consulta de naturaleza psicológica o psiquiátrica constituye un pequeño espacio donde se cuentan historias que resumen una forma de dolor, el dolor mental, expresión de la capacidad de sentir, una de las facetas más importantes del ser humano. Las formas en que se manifiestan los problemas emocionales e interpersonales y los motivos de los mismos son muy variados, así como el tratamiento de ellos. Evidentemente, la nuestra es una visión parcial de las historias personales y familiares, ya que quienes consultan sólo representan una parte de la población. Pero esta limitación se ve compensada por la gran cantidad de tiempo que se dedica a reelaborar dichas historias y a vigilar su evolución. Miles de niñas han sido seguidas desde su infancia hasta alcanzar la edad adulta.

ESTUDIOS SOBRE LA ADOLESCENCIA EN ESPAÑA

Afortunadamente, se han realizado y están en marcha numerosos estudios sociológicos sobre las chicas y chicos españoles y su evolución en las últimas décadas. Es obvio que los cambios que en estos trabajos se reflejan no son exclusivamente españoles, sino que abarcan, aunque en diferentes grados, a los jóvenes de casi todo el mundo, lo que permite realizar estudios comparativos. Los resultados de estas investigaciones constituyen, pues, un aporte fundamental para completar una visión limitada como es la clínica.

ALGUNAS CARACTERÍSTICAS DE LAS ADOLESCENTES ESPAÑOLAS DE HOY

A continuación analizaremos los principales aspectos que hemos visto evolucionar en nuestras jóvenes, escogidos de los estudios mencionados y de nuestra propia experiencia:

1. *Las jóvenes españolas son más altas y tienen mayor peso que las de generaciones anteriores.* Como consecuencia

de una mejor alimentación, han crecido hasta igualarse a sus coetáneas de la Unión Europea. Este mayor desarrollo, expresión de buena salud, no ha ido acompañado, sin embargo, de una mejor percepción de sí mismas: las adolescentes están a disgusto con su físico en una proporción *mayor* que los varones; un 43 por ciento de las chicas se ven gordas a los 15 años.

La mejor alimentación de las últimas décadas ha ido acompañada de un asfixiante modelo estético de delgadez que resulta contradictorio con el desarrollo normal. En los últimos 20 años se ha producido una verdadera epidemia de anorexias, bulimias y cuadros afines. La población de riesgo en mujeres jóvenes supera hoy el 20 por ciento.

Nuestro equipo ha realizado dos estudios de población con adolescentes escolarizados de 15 años. El primero toma una muestra representativa de Madrid en los años 1985-1986 y el segundo se circunscribe a Móstoles (Madrid) y a los años 1993-94. Posteriormente se han realizado estudios en Zaragoza y Navarra con similares resultados.

En las chicas de 15 años puede observarse un aumento del peso, de la estatura y del índice de masa corporal (IMC). Paralelamente, ha subido el porcentaje de las que se ven gordas —del 22 al 43 por ciento— y su estado emocional medio, medido por el Cuestionario de Salud General de Goldberg (GHQ), ha pasado del 8,37 al 10,99. La Tabla I ilustra estos resultados señalando las diferencias entre mujeres y hombres. Los chicos también han superado la puntuación anterior.

2. *La mayoría de las chicas se autodefinen como saludables y moderadamente felices, al menos mientras son estudiantes*. En el estudio de la Fundación Santa María (1999), el 81 por ciento de los jóvenes dice estar muy o bastante satisfe-

TABLA I COMPARATIVA DE DATOS ANTROPOMÉTRICOS MUJERES-VARONES		
Mujeres	*Muestra del año 85-86*	*Muestra del año 93-94*
N	636	725
Edad	15,1	15,07
Peso	51,72	54,73
Estatura	162	163,89
IMC	19,7	20,54
Se ven gordas	140	292
GHQ	8,37	11,24
Varones	*Muestra del año 85-86*	*Muestra del año 93-94*
N	82	520
Edad	15,3	15,03
Peso	58,4	63,01
Estatura	170	172,93
IMC	20,2	21,11
Se ven gordos	6	71
GHQ	2,56	7,45

(G. Morandé, J. Casas y J. Celada, «Trastornos de la conducta alimentaria en adolescentes. ¿Una epidemia?», *Anales Españoles de Pediatría*, Madrid, 1998.)

El asterisco (*) señala los cambios más significativos y N el número de adolescentes estudiados.

cho con su vida. Una minoría, que tiende a aumentar, acusa el cambio y las exigencias sociales, y da muestras de sufrimiento emocional en ocasiones muy intenso. El porcentaje de chicas de 15 años con un GHQ alto, sugerente de problemas emocionales, ha subido; estas niñas se ven a sí mismas más gordas, más feas y más insatisfechas con su aspecto, como puede observarse en la Tabla II.

TABLA II

CÓMO SE VEN Y GHQ DE LAS JÓVENES DE 15 AÑOS

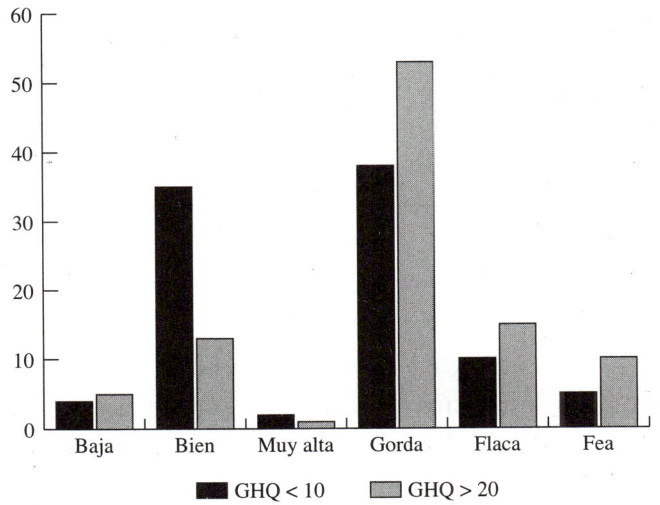

(G. Morandé, J. Casas y J. Celada, «Trastornos de la conducta alimentaria en adolescentes. ¿Una epidemia?», *Anales Españoles de Pediatría*, Madrid, 1998.)

El GHQ >20 muestra a aquellas jóvenes que emocionalmente están —o se sienten— peor.

3. *Las jóvenes españolas estudian más*. Superan con frecuencia a sus compañeros varones y en un porcentaje importante prolongan sus estudios, ocupando masivamente la educación superior. Entre sus expectativas destaca la incorporación al mundo del trabajo y el poder ser autosuficientes. No sólo disminuye la deserción escolar femenina, sino que muchas chicas llevan con ansiedad las exigencias académicas. Nuestra consulta se suele llenar de adolescentes con muy buenas notas, aterradas por el posible «fracaso» que para ellas supone la pérdida de la media de sobresaliente. Trastornos de angustia, depresiones,

fobias e intentos suicidas ilustran este desencuentro entre lo que ellas *se exigen*, lo que otros *les exigen* y lo que *es necesario*. Son muchos los padres que han puesto en hijas exitosas en los estudios aquellas expectativas que quizás antes hubieran puesto en hijos varones. Son también numerosos los profesores que han encontrado sus mejores alumnos entre las chicas. Esto es así en la mayoría de los casos, aunque en ocasiones se puede confundir talento con capacidad de sacrificio y sumisión, calidad con perfeccionismo y buenas notas con autoestima suficiente.

4. *Las chicas no quieren ser amas de casa*. La sola idea de ello les molesta y están bastante convencidas de que sabrán organizar su vida de forma diferente. Sin embargo, no se muestran claras las alternativas a aquello que *no* quieren ser. En consulta suelen insistir en que sus madres están de acuerdo con esta postura y que precisamente han sido quienes más les han aconsejado en este sentido. «No seas como yo», dicen que les repiten, especialmente las madres que son amas de casa en exclusiva, pero también en un porcentaje importante aquellas que simultanean el trabajo externo y el de la casa.

La inhibición de tantas madres de proponerse tal como son proporciona a las adolescentes un modelo de identificación muy difícil. Tampoco se les sugiere dónde buscarlo, y quizás deba tratarse de algo nuevo, a crear por la nueva generación. El asunto queda parcialmente postergado mientras las chicas son estudiantes. De los últimos años recuerdo a una sola paciente, de 21 años, que tomó clases para aprender a llevar una casa antes de casarse. Seguramente serán muchas más, pero no parece lo más habitual. En este ámbito existe por lo general mucha complicidad y no son infrecuentes las risas cuando forman una pareja y ninguno de los dos sabe planchar, usar la lavadora o freír un huevo, pero de algún modo se arreglan.

La tabla siguiente nos enseña cómo ven los jóvenes su contribución a las labores de la casa, que para la mayoría de los observadores, especialmente los padres, ha sufrido una disminución en ambos sexos.

TABLA III

TIEMPO QUE CREEN DEDICAR A LAS ACTIVIDADES DOMÉSTICAS, POR GÉNERO

Actividades domésticas	*Total* %	*Varón* %	*Mujer* %
Limpiar y ordenar la casa	37,2	20,6	53,5
Trabajar en la cocina	26,4	17,1	35,6
Lavar ropa, planchar y coser	15,1	3,2	26,8
Cuidar niños	14,4	6,2	22,5
Hacer la compra de alimentación	30,9	25,9	35,7
Hacer otras cosas de la casa	20,8	17	24,6
Reparar cosas que se rompen	17,7	23,4	12,1
Otras tareas	19,8	17,7	21,8

(J. Aguinaga y D. Comas, *Cambios de hábito en el uso del tiempo*, Instituto de la Juventud, Madrid, 1997.)

5. *La mayoría de las jóvenes creen que formarán una pareja con la cual compartirán responsabilidades en el manejo del hogar*. En los últimos años son más las jóvenes que se apuntan a una convivencia sin matrimonio o como forma transitoria antes de legalizar su situación, pero la mayoría están convencidas de que terminarán por casarse, si bien no tienen tan claro que el matrimonio sea para toda la vida. Aunque lo desean, asumen la alternativa del divorcio y un nuevo emparejamiento como algo posible para su generación.

Pocas, poquísimas, se plantean vivir solas y, menos aún, vivir para siempre con sus padres.

6. *Las chicas son conscientes de las desigualdades entre mujeres y hombres*. Si bien ven más estas desigualdades en la generación de sus padres y abuelos que en la propia, son muchas aún las que se quejan de los privilegios de sus hermanos varones. Con sus compañeros de generación se sienten por lo general cómodas y con sus parejas buscan formas de relación más equilibradas. Creen que sus futuras suegras pueden ser un motivo de disputa con su pareja, pero en la mayoría de los casos las dejan fuera de combate rápidamente, ya que las transforman en aliadas.

7. *Las jóvenes compiten bien con sus iguales pero muchas reniegan de la competencia*. Se acusan de juego sucio y muchas viven con agobio la pertenencia a un mundo tan competitivo como el actual, pero se sienten obligadas a participar en él.

8. *Las jóvenes reflejan en la distribución de su tiempo los grandes cambios sociales de los últimos 40 años*. Han polarizado el ciclo semanal —días de estudio y fines de semana— aún más. Los días de estudio suelen estar muy recargados, lo que alarga mucho las jornadas, y los fines de semana con sus noches se han transformado en otra forma de expresión juvenil.

La distribución del tiempo en chicas y chicos tiende a igualarse, dada la escasísima colaboración de las chicas en las tareas domésticas mientras son estudiantes. Por ejemplo, el tiempo dedicado a salir y a estar con los amigos, aunque todavía hoy muchas se quejan —seguramente con razón— de que sus hermanos tienen más libertad.

TABLA IV

ACTIVIDADES PREFERIDAS PARA EL TIEMPO LIBRE, POR GÉNERO

Actividades	*Total* %	*Varón* %	*Mujer* %
Estudiar	4,3	3,7	5
Comer	0,3	0,7	—
Tareas domésticas	1	0,2	1,8
Trabajar	0,6	0,7	0,5
Trabajo voluntario	1	0,7	1,3
Cine, teatro, espectáculos	8,2	7,4	8,9
Actividades culturales	7,8	6,6	8,9
Actividades religiosas	0,1	0,2	—
Espectador deportivo	0,9	1,3	0,5
Practicar deportes	72,4	87,3*	57,8*
Tiendas, pasear	5,9	2,7*	9,1*
Excursiones. Paseo por el campo	13,9	10,8*	17*
Ir de copas	1,9	2,4	1,5
Charlar	3	2,2	3,8
Bailar/Discotecas	5,5	3,9*	7,1*
Hobby/Afición	12	13,9*	10,1*
Visitas/Actos sociales	0,4	0,5	0,3
Leer libros	17,6	9,7*	25,3*
Leer prensa	0,5	0,5	0,5
Ver tele/vídeo	11,6	12,8	10,4
Escuchar radio	0,3	0,3	0,3
Escuchar música	19,8	15,1*	24,3*
Manejar ordenador	2,8	4*	1,7*
Dejar pasar el tiempo	6,6	8,4*	4,8*

(J. Aguinaga y D. Comas, *Cambios de hábito en el uso del tiempo*, Instituto de la Juventud, Madrid, 1997.)

El asterisco muestra diferencias significativas.

9. *Los jóvenes de ambos sexos hacen las mismas cosas en su tiempo de estudio y en su tiempo libre*. Esto es una muestra más de la mayor homogeneización de la sociedad española. Chicos y chicas se visten y comportan de forma similar; las di-

ferencias solamente corresponden a los lugares a los que van, la marca de sus ropas y el medio de locomoción que utilizan según sus posibilidades económicas. Éstas constituyen señales suficientes para distinguirse entre ellos, sobre todo los más necesitados de identidad que, unidos en tribus urbanas, se diferencian de los otros por la música que oyen, el corte de pelo u otros ritos no siempre aconsejables.

10. *La mayoría de las jóvenes dependen económicamente de sus padres*. Reciben una paga relativamente importante que suele ser complementada por el aporte no despreciable de muchos abuelos. Tienen, pues, unos ingresos y unos gastos de cierta importancia, constituyendo un mercado de interés para numerosas empresas. Las chicas manejan una cantidad de dinero similar —algo menor— a los varones de su edad, dado que tienen por costumbre solventarse sus gastos. Hay que recordar que, a mayor dinero disponible, mayor riesgo en su uso.

TABLA V

DINERO DEL QUE DISPONEN SEMANALMENTE, POR GÉNERO (EN PESETAS)

Total	*Varón*	*Mujer*
4.241	4.867	3.587

(J. Elzo y otros, *Jóvenes españoles 99*, Fundación Santa María, Madrid, 1999.)

11. *Una minoría de jóvenes compatibilizan trabajo y estudios*. Hasta ahora han sido los varones quienes más han trabajado, pero en los últimos años son muchas las chicas que buscan y obtienen trabajo poniendo copas, haciendo de azafatas o recogiendo llamadas telefónicas, habitualmente como una forma de ganar dinero para sus gastos.

12. *Los jóvenes españoles, sin diferencias entre sexos, creen que tienen libertad para escoger opciones de estudio, de trabajo, religiosas, políticas, sexuales o de diversión.*

TABLA VI

LIBERTAD JUVENIL PARA ESCOGER EN DIVERSOS ÁMBITOS, POR GÉNERO

Opciones	*Total* %	*Varón* %	*Mujer* %
De estudio	83,7	83	84,4
De trabajo	63,6	62,9	64,4
Religiosas	90,9	90,1	91,7
Políticas	92	91,2	92,9
Sexuales	91,3	92,1	90,4
De diversión	88,9	89,6	88,3

(J. Elzo y otros, *Jóvenes españoles 99*, Fundación Santa María, Madrid, 1999.)

13. *Son multitud los jóvenes que salen por las noches y regresan a altas horas de la madrugada.* Este cambio de costumbres no afecta a la totalidad de los jóvenes, aunque es hoy uno de los motivos más importantes de discusión familiar. La mayoría no son madrugadores, incluso se levantan más tarde que en generaciones anteriores, pero son los fines de semana cuando una importante minoría se levanta muy tarde, fenómeno más frecuente en los varones que en las chicas.

La hora de regreso a casa los fines de semana supone el punto de mayor conflicto. Los jóvenes de ambos sexos salen tarde y regresan mucho más tarde, sin demasiada conciencia del peligro y asumiendo estas trasnochadas como una señal de identidad juvenil. Esta situación, habitual en nuestra sociedad, se descontrola absolutamente durante las vacaciones, los viajes de estudio y momentos similares. El aumento de las salidas nocturnas, el uso de vehículos y la ingesta de alcohol constituyen un claro factor de riesgo en la actualidad. Las tablas que siguen aportan datos de mucho interés al respecto (J. Aguinaga y D. Comas, ob. cit.).

TABLA VII

HORA DE ACOSTARSE LOS VIERNES, POR GÉNERO

	Total	*Varón*	*Mujer*
Media	00.14	00.08	00.20

TABLA VIII

HORA DE ACOSTARSE LOS SÁBADOS, POR GÉNERO

	Total	*Varón*	*Mujer*
Media	01.10	01.07	01.12

La media de los adolescentes, como puede verse, no se acuesta tan tarde.

TABLA IX

HORA DE LEVANTARSE LOS SÁBADOS, POR GÉNERO

	Total	*Varón*	*Mujer*
Media	10.20	10.29	10.12

TABLA X HORA DE LEVANTARSE LOS DOMINGOS, POR GÉNERO			
	Total	*Varón*	*Mujer*
Media	11.03	11.08	10.35

Una minoría se levanta los sábados después de las 14 horas; de esta minoría un 8 por ciento son chicas y un 16 por ciento son chicos.

TABLA XI HORA DE VUELTA A CASA CUANDO SE SALE POR LA NOCHE	
Horas	*Total* %
Antes de las 12 de la noche	7
Entre las 12 y la 1	7
Entre la 1 y las 2	8
Entre las 2 y las 3	13
Entre las 3 y las 4	20
Después de las 4	33
A la mañana siguiente	11

(J. Elzo y otros, *Jóvenes españoles 99*, Fundación Santa María, Madrid, 1999.)

Para comprender bien estas tablas hay que recordar que los jóvenes que salen por la noche *no superan el 25 por ciento*, al menos el mismo día.

14. *Las chicas se han incorporado masivamente al uso y abuso del alcohol.* Se trata de un fenómeno cuyas consecuencias son dignas de estudio. El alcohol constituye en nuestro medio la

droga más peligrosa y utilizada, así como la principal causa de accidentes mortales. A mayor cantidad de dinero disponible, mayor es el grado de alcohol consumido. La alta tolerancia al consumo de alcohol en nuestra sociedad se hace evidente no sólo los fines de semana, sino especialmente en las numerosas y prolongadas fiestas populares que tienen las borracheras como protagonistas.

TABLA XII

JÓVENES QUE CONSUMEN BEBIDAS ALCOHÓLICAS, POR GÉNERO

Bebidas alcohólicas	*Total 1999* %	*Varón* %	*Mujer* %
Nunca	13,4	12,2	14,6
Sólo probar	5,3	4,6	6
Esporádico	5,6	4,8	6,5
Ocasional	11,8	9,7	14
Habitual	63,7	68,5	58,8

(J. Elzo y otros, *Jóvenes españoles 99*, Fundación Santa María, Madrid, 1999.)

15. *Un 12-14 por ciento de los chicos y las chicas consumen habitualmente* cannabis. Son éstos quienes harán la escalada a otras drogas, como cocaína y drogas de síntesis. La tolerancia al *cannabis* es muy alta y, de alguna forma, se ha impuesto la idea errónea de su inocuidad: la mayoría de los jóvenes sabe que el tabaco mata y cree que el *cannabis* es menos dañino.

A mayor dinero disponible, mayor consumo de *cocaína*, que se encuentra disponible en cualquier esquina de las zonas de reunión nocturna, algo que también sucede con las *drogas de síntesis*. Sin embargo, las cifras de consumo no han aumentado de manera escandalosa en los últimos tiempos; lo que está generalizada es la oferta, y a precios muchas veces accesibles.

TABLA XIII

JÓVENES QUE HAN CONSUMIDO ALGUNA VEZ EN LA VIDA LAS SIGUIENTES SUSTANCIAS, POR GÉNERO

Cannabis	*Total 1999* %	*Varón* %	*Mujer* %
Nunca	66,5	61,8	71,5
Sólo probar	7,6	7,8	7,5
Esporádico	5,1	4,9	5,3
Ocasional	6,4	6,7	5,9
Habitual	14,3	18,6	9,8

Cocaína	*Total 1999* %	*Varón* %	*Mujer* %
Nunca	92,8	90,3	95,4
Sólo probar	2,6	3,4	1,9
Más de 3 veces	4,4	6,1	2,7

Éxtasis y drogas de síntesis	*Total 1999* %	*Varón* %	*Mujer* %
Nunca	94,9	93,7	96,2
Sólo probar	2	2,4	1,7
Más de 3 veces	2,9	3,7	2

LSD	*Total 1999* %	*Varón* %	*Mujer* %
Nunca	95,3	94,1	96,6
Sólo probar	1,9	2,2	1,6
Más de 3 veces	3,6	3,4	1,8

Heroína	*Total 1999* %	*Varón* %	*Mujer* %
Nunca	99,3	99,1	99,5
Sólo probar	0,2	0,2	0,1
Más de 3 veces	0,5	0,7	0,4

(J. Elzo y otros, *Jóvenes españoles 99*, Fundación Santa María, Madrid, 1999.)

16. *Las chicas consumen hoy más tabaco que los chicos.* No hay en la actualidad ningún estudio que permita percibir algún cambio al respecto.

TABLA XIV

LOS JÓVENES Y EL TABACO, POR GÉNERO

Tabaco	*Total 1999* %	*Varón* %	*Mujer* %
Nunca	32,5	34,2	30,7
Sólo probar	6,7	6,7	6,6
Esporádico	4,1	3,9	4,3
Ocasional	5,4	4,9	6,1
Habitual	51,2	50,1	52,3

(J. Elzo y otros, *Jóvenes españoles 99*, Fundación Santa María, Madrid, 1999.)

17. *Los padres de hijos universitarios aún favorecen a los varones a la hora de «heredar» un coche familiar, sin embargo son muchas las chicas que también lo usan.* No obstante, es la moto el vehículo más utilizado por los jóvenes y el que más se

TABLA XV

DISPONIBILIDAD DE VEHÍCULO Y ACCIDENTES (1994-1997), POR GÉNERO

	Total %	*Varón* %	*Mujer* %
Dispone de coche	19,9	23,9	16
Dispone de moto	19,7	25,5	13,9
Accidente conduciendo	10,7	15,7	5,6
Accidente como pasajero	11,4	11,4	11,3

(J. Aguinaga y D. Comas, *Cambios de hábito en el uso del tiempo*, Instituto de la Juventud, Madrid, 1997.)

ha multiplicado en las últimas décadas. Progresivamente, las jóvenes han pasado de «paquete» a conductoras. A mayor uso de vehículos, más accidentes; los riesgos aumentan si se trata de fines de semana o fiestas, por ir unido al consumo de alcohol.

18. *Los jóvenes de ambos sexos tienen en la actualidad un importante equipamiento en casa.* Equipo de música, radio, *walkman*, consola u ordenador, máquina fotográfica y teléfono móvil son frecuentes en muchos hogares, constituyendo un pequeño «capital» que adorna la habitación del adolescente y un motor para algunas industrias, dada la importante cifra de negocios que genera.

19. *Las chicas usan el teléfono más que los chicos.* Saben sacarle un mejor partido para desesperación de los padres, que ignoran seguramente sus beneficios: sentirse acompañadas y no deprimirse. En la actualidad aumenta a ritmo vertiginoso el uso de teléfonos móviles entre los adolescentes.

20. *En la actualidad existe un mayor conocimiento entre chicos y chicas.* La intensa vida social de los adolescentes hoy permite numerosos intercambios personales: conocer y salir con gente, viajar, etc., lo que ha facilitado la aproximación y la camaradería entre ellos, educados conjuntamente. También en el plano sexual existe una mayor permisividad: las relaciones sexuales son toleradas por el grupo juvenil y se discuten nuevas reglas para definir lo que es «legal». Las chicas tienen opiniones cada vez más parecidas a los chicos y ambos discuten la nueva sexualidad con poca ayuda de sus padres, que suelen mirar para otro lado.

21. *Los jóvenes de hoy viven los riesgos de la cultura actual, sumados a los ya tradicionales de la adolescencia.* A los

adultos les preocupan las conductas de riesgo adolescentes, ya que saben que son la principal causa de muerte, invalidez y adicciones; a los adolescentes también les preocupan, aunque en

TABLA XVI

VÍCTIMAS DE LOS DELITOS SEÑALADOS, POR GÉNERO

Delitos	*Total* %	*Varón* %	*Mujer* %
Atraco	14,8	20,8*	8,8*
Robo	12,6	14,8*	9,4*
Agresión física	9,2	12,3*	6,1*
Violación	0,3	0,2	0,3
Abusos sexuales	1,3	0,3	2,1
Estafa o timo	5,3	6,6	4
Otros	0,2	0,2	0,2

(J. Aguinaga y D. Comas, *Cambios de hábito en el uso del tiempo*, Instituto de la Juventud, Madrid, 1997.)

El asterisco muestra porcentajes significativos.

TABLA XVII

SENTIMIENTO DE SEGURIDAD
EN DETERMINADAS SITUACIONES, POR GÉNERO

Situaciones	*Total* %	*Varón* %	*Mujer* %
Cuando vuelvo solo/a por la noche a casa	11,6	7,6	15,6
Cuando salgo con los amigos de noche	8	8,2	7,9
En una ciudad o barrio extraño	5,4	6	4,9
Cuando ando solo/a durante el día	8,5	8,8	8,3
Cuando está solo/a en casa	13,8	19,2	8,4
En clase o en el trabajo	9	9	8,9

(J. Aguinaga y D. Comas, *Cambios de hábito en el uso del tiempo*, Instituto de la Juventud, Madrid, 1997.)

menor grado. No es que tengan mucho más riesgo que los jóvenes de otras generaciones, pero la diferencia está en que las chicas participan del mismo al igual que los varones.

22. *La mayoría de los adolescentes son bastante responsables y lo demuestran día a día cuidando a sus amigos adolescentes.* Han descubierto la responsabilidad por sí solos, ya que han gozado de unos medios y una libertad que no tuvieron sus padres. La única responsabilidad concreta que se les ha inculcado es la de estudiar, sobre todo a las chicas.

SEGUNDA PARTE

4. Las amistades

AMIGAS

Las amigas de siempre no son siempre las mismas. Hay amigas de primaria, de secundaria, de la universidad, del barrio y de las vacaciones, pero amigas-amigas hay muy pocas. La adolescencia es edad de amistades, pero también de enemistades y exclusiones. Cuando un joven está bien, quiere conocer gente; cuando está mal, no quiere ver a nadie.

Las amigas juegan un papel importante en el desarrollo personal de las chicas, tan importante que en muchos momentos son más trascendentes que los propios padres. Los momentos de felicidad compartidos crean una huella indeleble y los desencuentros o peleas pueden a veces incluso desorganizar una vida, haciendo que la joven en cuestión se «rompa» o sufra intensamente. Entre ellas aprenden a ser cómplices y también a competir; a seducir, arreglarse, procesar la información social y definir su identidad de género a través de las múltiples oportunidades que tienen de vivir experiencias propias de su edad. La necesidad de verse y escucharse puede ser compulsiva y por ello el teléfono está permanentemente en funciones apenas se despiden. Entre ellas no sólo digieren lo que dicen y se dicen, sino también las emociones y las ansiedades de cada cual.

El espacio de la amistad constituye, pues, un medio rico, intenso y de fuerte actividad que favorece el desarrollo o que, por defecto, lo puede distorsionar. Las niñas sin amigas son especialmente vulnerables.

TABLA XVIII ¿TIENES MUCHOS AMIGOS?, POR GÉNERO			
Opciones	*Total* %	*Varón* %	*Mujer* %
Muchos	24,1	25	23,2
Bastantes	39,6	40,5	38,7
Algunos	24,6	24,9	24,4
Muy pocos	10,6	8,4	12,8
Ninguno	0,5	0,6	0,3

(J. Elzo y otros, *Jóvenes españoles 99*, Fundación Santa María, Madrid, 1999.)

Como puede observarse, casi no existen diferencias entre chicos y chicas.

«Las amigas me persiguen»

Alicia se queda cuando termina su grupo de terapia porque pretende contarme algo. Durante la sesión ha permanecido en silencio, respondiendo a mis invitaciones para que participara con una serie de tópicos. Su actitud seria y meditativa, su ceño fruncido, parecen mostrar su preocupación por algo.

Berta, una de las que actúa como líder del grupo, la presiona para que hable y finalmente Alicia lo hace de mala gana: «Mis amigas me están puteando. En realidad ya no son mis amigas, me miran con desprecio, se ríen de mí, llaman a otras chicas para burlarse y me insultan diciéndome de todo, "anoréxica", "asquerosa", "enferma imaginaria", hasta me han amenazado con pegarme a la salida del colegio y son capaces de hacerlo.» De inmediato, en el grupo se crea una sensación de solidaridad; la escuchan con atención y parecen por un momento ponerse a su disposición, aunque Alicia no es especialmente popular entre sus compañeras, ya que su actitud distante y orgullosa no genera una corriente empática. Sospechan que es un poco mentirosa y exagerada; incluso en esta ocasión se respira cierto aire de incredibilidad, algo que, debo confesar, me ocurría también a mí como terapeuta.

Otro aspecto de Alicia que no gusta al grupo es que, con frecuencia, en sus bien estructurados discursos se dirige directamente a mí, como si no contara con ellas. Esta vez, sin embargo, parece que le creen algo más.

«Me siguen por la calle insultándome, llamándome "farsante". La que las dirige es Carlota que, como las demás, vive en el mismo portal. El viernes rayaron la pared del edificio y con letras blancas, así de grandes [hace un gesto con las manos], escribieron para que todos lo vieran: "Alicia es una puta, Alicia es una mentirosa." Mis padres no se lo podían creer. La madre de Carlota se portó muy bien conmigo cuando tuve anorexia, fue quien convenció a la mía de que yo estaba muy mal y que debía venir aquí; muchos días, incluso, subía a hacerme compañía. Para mi madre, Carlota está enferma de celos. Sus padres están separados y ella vive sola con su madre. Me cuesta entenderlo, pero, si es así, ¿qué puedo hacer?» «Mándales a la mierda», exclama rápidamente Ana. «No es tan fácil —tercia Berta—, ¿habló tu madre con la de Carlota?» Alicia asiente con la cabeza, haciendo al mismo tiempo un gesto de impotencia, como si la madre de Carlota nada pudiera hacer. «A mí me dejaron de lado cuando estuve mal y después de salir del hospital no se atrevían a mirarme a la cara», dice Carmen en un tono afligido y rabioso. «En mi caso fue muy parecido, dejaron de llamarme y he tenido que ir con otras chicas, ya que con las antiguas no puedo ni quiero», interviene Teresa.

Todas estas chicas —doce en total— han tenido anorexia y hoy participan en un grupo de *post-alta*. Casi todas han estado ingresadas en el hospital u hospitalizadas en casa. Alicia pertenece a este último grupo, entre otras características porque no alcanzó en ningún momento un peso escandalosamente bajo, aunque perdió 9 kilos a los 15 años.

La sesión continúa. Berta, en un tono de cierta superioridad, afirma: «Amigas-amigas hay muy pocas. Yo tuve que cambiarlas, porque eran gilipollas, aunque yo también lo era un poco, o muy inocente.» «La verdad es que tú eres bien rarita todavía —se dirige ahora a Alicia—, pareces una anoréxica empollona y lameculos, perdona la expresión, ya que me he hecho muy mal hablada.» Alicia parece saltar de su asiento indignada, sin embargo, enseguida se encoge, baja la cabeza compungida y parece dar la razón a Berta, mientras se le escapan algunas lágrimas. Todas se vuelven hacia ella para consolarla y parecen no escuchar mi intervención con la que doy por terminada la reunión, en la que señalo la experiencia compartida de haberse aislado de sus amigas, de haberse sentido abandonadas e incluso criticadas, y la necesidad —hecha experiencia en la mayoría de ellas— de conocer a otras chicas que compartan su forma de entender la vida actualmente.

Alicia está en la puerta y no quiere irse. Le digo que es muy bueno que después de muchas dudas haya contado en el grupo lo que le sucede, pero que en ese momento no puedo recibirla y que espere una semana para seguir trabajando el tema. Lo acepta, aunque me pide que reciba un momento a su madre, quien confirma el relato de su hija y dice estar de acuerdo con la madre de Carlota y la directora del colegio para ayudar a sus respectivas hijas. La madre de Carlota le ha confesado que está preocupada por ella desde hace tiempo, dada su irritabilidad, desobediencia y mal rendimiento en el colegio. Confía en que con la ayuda de la directora Carlota acepte entrevistarse con la psicóloga del colegio para que ella la oriente. A pesar de las buenas intenciones de ambas madres, la situación se mantuvo tal cual durante varios meses. En algunos momentos subió mucho de intensidad, tanta que la familia de Alicia estuvo a punto de cambiar de casa y de colegio. Finalmente, no fue necesario. Alicia nos tuvo al día de sus dificultades y al mismo tiempo empezó a conocer otra gente tanto en la escuela como en el barrio. Quizás estas personas, chicas y también chicos, le permitieron poner distancia respecto a Carlota y su grupo. Hasta donde sabemos, nunca se reconciliaron, e ignoramos la evolución de Carlota; pero Alicia consiguió una buena aceptación en su grupo terapéutico aunque, cada cierto tiempo, Berta u otra de las chicas deben recordarle que las tome en cuenta. Y yo, en aquellas ocasiones en las que ha exigido un trato preferente, he tenido que intervenir.

La confidente, la amiga, como los diarios íntimos y los poemas, ayudan a canalizar las emociones y protegen de los riesgos que supone el descubrimiento de las mismas por parte de los adultos. Por su parte, las técnicas de psicoterapia grupal, los grupos psicoeducativos y los talleres son muy utilizados con adolescentes porque aportan un medio de intercambio y apoyo mutuo que suele tener un enorme potencial terapéutico. Los terapeutas en los grupos psicoterapéuticos y los responsables en los psicoeducativos aportan la presencia adulta tolerante y respetuosa, y realizan un llamado constante a los jóvenes para que se hagan cargo de sus problemas.

El club de las solteras I

Estela es pequeña, delgada, muy morena y bien proporcionada. Se quedó pequeña después de una anorexia nerviosa precoz que le impidió crecer. También se quedó atrás en el plano social, dada su obsesión por los estudios. Ahora, con 18 años, no le queda otra posibilidad que pertenecer al «club de las solteras», según explica con gracia: «Somos cuatro, a veces cinco, ya que hay una, Elena, que cada cierto tiempo abandona el club y se echa novio, aunque creo que es de las nuestras. Salimos juntas todos los viernes y lo pasamos bien. Somos un poquito raras, pero nos reímos mucho. Cuando se nos acercan los chicos, yo me encargo de explicarles que formamos un club y que no podemos incorporar a ningún varón. Ellos nos toman a risa y no se lo creen, nos cuesta un poco, pero conseguimos que nos dejen tranquilas. Estamos mejor así. Nos llamamos por teléfono y en mi casa, al menos, se lo explican perfectamente, ya que desde hace años insisten en que soy insoportable y que nadie me puede aguantar. Mi madre es igual de insoportable y así está mi padre, hecho un amargado, como yo le recuerdo cada vez que trata de convencerme de que estoy en un error. Llevamos meses saliendo juntas y estamos seguras de que tenemos razón. Nos sentimos inexpugnables.»

Estela tiene un buen sentido del humor y un pesimismo a prueba de balas. La suma de ambos rasgos la hace muy divertida y el club de las solteras le ha permitido salir de casa después de años de enclaustramiento y de estar pegada a su madre. En los últimos meses ha dejado de pertenecer activamente al club; fichó a un estudiante de Ingeniería, más raro que ella, según dice, y de momento se han hecho inseparables. Su madre no se lo puede explicar y su padre insinúa que es otro lelo como él.

El club de las solteras II

Itzíar es alta, delgada, de aspecto grácil y movimiento etéreo, como si sus años de ballet le hubieran dejado una huella indeleble. Tímida, con una sonrisa que parece pedir permiso, aún se sonroja, como lo hacían las jóvenes de antaño. Estudia Derecho y le queda poco para terminar. Salió bien parada de una anorexia adolescente que le hizo perder 5 años de vida. Hoy, con 22 años, representa 17.

Como en el caso de Estela, también pertenece a un grupo que no incluye a ningún varón; un club de chicas solteras que salen, hacen viajes y mantienen una buena cohesión hasta que Itzíar, sin quererlo, se convierte en el motivo por el cual comienza el fin de esta sociedad. Joaquín, alias Pipo, hermano de Noelia —otra chica del club—, la descubrió en una reunión de la cofradía un sábado por la mañana, cuando se preparaban para dar un paseo por la sierra. El buen Pipo venía de regreso de una juerga y se sorprendió al encontrar a su hermana y a sus amigas en su casa, en lo que para él era una madrugada. Aún achispado se fijó en Itzíar y le preguntó descaradamente: «¿Eres un bambi o una chica?» Ella enrojeció, como en sus mejores momentos, y sólo atinó a reír estruendosamente. Se trataba de una risa que nadie conocía y que, probablemente, tenía guardada hace muchos años. Se fueron todas deprisa y lo ocurrido fue el comentario obligado la noche siguiente. Joaquín, alias el Pipo, tampoco olvidó el asunto e inició un asedio que, curiosamente, contó con la complicidad del club y que empujó a Itzíar a salir con él.

AMIGOS

Todo un descubrimiento. Muchas chicas insisten en que es posible tener amigos varones. Creen descubrir en ellos un lenguaje distinto, una comprensión diferente y una nobleza que no siempre encuentran en la relación con mujeres. Ellas insisten en que las cosas son ahora así y que muchas chicas se sienten mejor con amigos varones; les parece que las tienen más en cuenta y que la sexualidad no constituye un problema, ya que consiguen no erotizar la relación. Son tantas las niñas que comentan esto que uno empieza a creerlo y a pensar que algo ha cambiado en las últimas décadas.

Laura y Óscar

Laura tiene 15 años, es menuda, de piel muy blanca y su postura, caracterizada por sentarse abrazando sus rodillas, la hace peculiar. Forma parte de un grupo terapéutico y sus intervenciones, siempre muy medidas, son escuchadas con respeto.

Sentada hecha un ovillo, sigue con aparente tranquilidad las expresiones a veces exaltadas y llenas de emoción de sus compañeras. Pocas veces se la ve perturbada y, cuando lo está, cuenta sus historias que parecen distintas. Hace unos meses confesó estar enamorada de su profesor de Educación Física. Todas la miraron con asombro y ella respondió con tranquilidad que esperaba cumplir los 18 años y que así se lo había dicho a él. No parecía estar muy preocupada o al menos no lo manifestaba. Cada semana las otras chicas le preguntaban por sus avances y ella sonreía sin contestar.

Un día anuncia que ha empezado a salir con Óscar, un amigo de toda la vida. Él se lo ha pedido y a ella no le parece mal. Sus compañeras de grupo están extrañadas y le preguntan una y otra vez si es posible pasar de la amistad a otra cosa. María, más directa, le pregunta si se pueden enrollar siendo amigos —para ella algo imposible— y si no le da miedo perderle como tal. Laura contesta con tranquilidad, insistiendo en que ella es muy desconfiada y que de esta forma se siente más segura, ya que Óscar la conoce hace tiempo y así no puede hacerle daño. Nadie se lo cree del todo, pero Laura parece segura e infunde respeto.

Dos semanas después viene muy impresionada por la muerte de otro amigo, cuyo accidente conmovió a toda la pandilla. Está triste y pensativa. Sus compañeras la apoyan especialmente porque entienden que la muerte de un amigo es «lo peor que a uno le puede pasar en la vida», dice María, y las demás asienten. Alguien le pregunta por Óscar y Laura comenta que él entiende que no puede seguir de novio de Laura, ya que ella está muy afectada y no se siente con ganas de continuar. Con la serenidad que la caracteriza, Laura informa que ahora Óscar ha vuelto a ser su amigo y confidente. Todas, al parecer, lo comprenden.

Los límites entre la amistad y la relación de pareja en este caso son muy permeables y ambas partes los aceptan sin demasiadas complicaciones.

Miguel, el fijo

Lisa tiene también 15 años y una intensa vida social. Es inestable en el terreno emocional, ya que inicia relaciones amorosas con cierta facilidad y las termina con muchos problemas. Cada vez que acaba una, está Miguel esperándola. En realidad, él conoce todas las aventuras de Lisa, porque ella le llama todos los días para contárselas. Y no sólo escucha, sino que además la anima y le da consejos.

Lisa y Miguel son amigos; ambos niegan que haya entre ellos nada más que una buena amistad. De hecho, él sale con

Lucía desde hace meses y dice encontrarse muy bien. Lisa y Miguel viven en el mismo portal, y muy a menudo se sientan a charlar en las escaleras, incluso si es invierno y hace mucho frío. Todo el mundo conoce su amistad y todos los amigos confían en la relación que mantienen. Cuando Lisa se entusiasma con un chico, el primero en enterarse es Miguel; si no le hace caso y ella se impacienta, ahí está Miguel; si Lisa ha perdido el interés en el chico con el que sale y no sabe cómo dejarlo, a su lado está Miguel para aconsejarle...

Cuando Lisa habla de Miguel en el grupo, alguna más suspicaz, como Marian, le pide que sea sincera y reconozca que su verdadero chico es su amigo. Lisa lo niega casi enfadada. María, más práctica, le pregunta si alguna vez se ha enrollado con él. Lisa vuelve a negarlo y tras una pequeña vacilación confiesa que en una ocasión lo hicieron cuando estaban ambos borrachos —«bastante pedos», en su expresión—, pero le quita importancia dado el atenuante y todas parecen estar de acuerdo. Miriam recuerda que ella también tiene un «fijo»: se llama Gonzalo y, como dice con una sonrisa, «lo tengo para todo. También me enrollé una vez con él después de una fiesta, creo que por provocar y darle celos a Javier, con el que salía y habíamos tenido una bronca fenomenal porque él quería probar coca. Lo de Gonzalo es igual que lo tuyo con Miguel. Él tiene su chica y me lo cuenta todo, estoy segura de que está por ella y no por mí, yo soy su amiga». «En mi caso —vuelve a hablar Lisa—, sólo yo cuento y cuento, Miguel no dice nada suyo ni de su chica, aunque sí me habla del follón que tienen en casa sus padres.» María insiste en que ella no puede tener amigos varones, «todos quieren enrollarse conmigo... o yo con ellos».

Lisa, María y Miriam, con la colaboración de las otras integrantes del grupo, intentan definir las relaciones de amistad con chicos de su generación; eligen en esta ocasión un personaje de siempre, el «fijo», sujeto entrañable a medio camino entre el admirador incondicional y el compañero. Y se acercan al tema por una de sus vertientes más complicadas: los límites de la amistad entre ambos sexos.

Juan de Dios

Nunca supe si se llamaba así o incluso si fui yo quien le puso este nombre. Le conocí poco, aunque supe de su existencia. Estuvo hospitalizado en la misma sala donde ingresamos a nuestras pacientes anoréxicas. Era un chico flaco de 16 años, casi tan flaco como ellas. Padecía una diabetes desde hacía 2 años, una «diabetes *mellitus* tipo Y muy inestable», según las palabras de sus médicos endocrinos. Tenía mala fama porque era un mal enfermo, al menos eso se sospechaba; se descompensaba una y otra vez, haciendo necesario su ingreso.

Juan de Dios intimó con Luisa, una paciente nuestra muy guapa aunque de pésimo carácter. Como afirmaban sus padres, «un mal carácter heredado de una tía materna» y acentuado por su anorexia. Juan de Dios le cayó en gracia. En una ocasión confesó que lo encontraba atractivo, pese a su evidente aspecto desgarbado, su nariz prominente y los innumerables granos de su cara. Incluso aceptó unos libros que él le trajo para que leyera. Juan de Dios repartía libros con singular éxito a todas las pacientes; primero los de la biblioteca del hospital y después, con la complicidad de su hermano mayor, los de una biblioteca pública. En menos de una semana todas leían —algo que no es extraño en nuestras pacientes— los libros que repartía Juan de Dios. Cuando fue dado de alta y se marchó, continuó su tarea en horas de visita. Los padres lo aceptaban con cariño y un cierto respeto, seguramente por la actividad cultural que desarrollaba. Al marcharse también Luisa, y en un gesto propio de ella, le indicó a su madre que le diera el teléfono de casa.

Nunca se pudo precisar si tuvieron alguna relación sentimental. Luisa no se hacía cargo de las bromas al respecto en su grupo terapéutico de post-alta y Juan de Dios continuó sus visitas a otras niñas durante 2 años. No volvió a hospitalizarse, se ignora si por el esfuerzo de los diabetólogos o por su interés en proporcionar lecturas a nuestras pacientes. Era muy discreto y generaba discreción, ya que prácticamente ninguna de las chicas hablaba de él, al menos mientras estaban ingresadas. Posteriormente era recordado como uno de los personajes más entrañables de aquellos momentos y alguna llegó a contar que le había enseñado a Juan de Dios su diario en una «complicidad literaria» poco frecuente.

5. Del colegio al instituto

En los últimos años han sido varios los cambios de denominación de los ciclos escolares, confundiendo a los padres y, a veces, también a los propios alumnos. También hemos asistido a la generalización de la educación mixta, y muchos colegios de monjas y de curas aceptan hoy a niños y niñas.

La experiencia de compartir estudios desde las primeras etapas ha servido para que aprendan a crecer juntos y a aceptarse mutuamente, facilitando su relación, a pesar de que chicos y chicas «viven» en bandos separados hasta la llegada de la adolescencia. ¿Estamos viviendo un periodo de mayor tolerancia entre ambos sexos? ¿Puede afirmarse que han disminuido los actos de crueldad hacia las chicas adolescentes? La bibliografía norteamericana al respecto nos describe situaciones de especial violencia en esta etapa, siendo frecuentes los episodios de agresividad sexual manifiesta. En nuestra consulta, sin embargo, aunque también hemos de enfrentarnos con hechos de esta naturaleza, nos da la impresión de que tienen menos entidad. No obstante, numerosos clínicos trabajan actualmente en las zonas más conflictivas de nuestra sociedad.

En las consultas de psiquiatría y psicología infantil, la mayoría de los pacientes son varones, pero estas cifras se igualan con el otro sexo al iniciarse la adolescencia. Los motivos de consulta de los niños son: fracaso escolar, déficit de atención con hiperquinesia o exagerada inquietud, trastornos de conducta... Y, a partir de los 12 años, las niñas acuden por problemas emocionales, depresión y angustia, o trastornos de la conducta alimentaria.

Tradicionalmente han existido niños y niñas con dificultad para pasar de uno a varios profesores, como ocurre en el paso al primer ciclo y, aún más, al llegar al instituto. Lo mismo respecto a los diferentes niveles de exigencia, los nuevos modelos de control externo y las habilidades sociales y cognitivas que resulta necesario adquirir. Desde hace ya algunos años se observa que las niñas tienden a superar a los chicos en rendimiento y parecen demostrar un interés mayor por la actividad escolar. Si bien esta afirmación no es válida para todos los casos, aumenta cada vez más el porcentaje de chicas que responden a mayores exigencias con mayor esfuerzo. Hasta hace dos décadas, nuestra clientela estaba formada sobre todo por malos alumnos o alumnas; en los últimos años, por el contrario, son estudiantes con buenas notas —especialmente ellas— los que demandan más consultas.

A la par han cambiado las expectativas de los padres, quienes, con menos hijos —habitualmente dos—, esperan más de la niña, dando por sentado, en especial si resulta estudiosa, que elegirá estudios superiores y se incorporará al mundo del trabajo. Muchas chicas creen que podrán estar a la altura de estas expectativas, si bien una parte las vive como auténticas exigencias. Desgraciadamente, para aquellas con tendencias perfeccionistas estas expectativas no serán las únicas que deban cumplir: además deberían ser graciosas, atractivas y, por supuesto, delgadas. La tiranía del *debería* constituye hoy una minoritaria pero influyente religión con demasiadas adeptas.

Las dificultades de Emma

Emma viene a consulta acompañada de su madre, que es quien inicia el relato, manifestándose preocupada por su hija a la que dice ver triste, melancólica, a veces irritable, con pocas ganas de salir y de responder a las llamadas de sus amigas. La relación con el padre se ha vuelto muy difícil, porque él no la ve estudiar y teme unos resultados escolares muy inferiores a los de años anteriores, en los que ha destacado como una alumna estupenda. El padre está muy orgulloso de esta hija, incluso más que de su hermano varón al que todos califican de «santo varón».

Emma ha sido una niña sana, despierta, cariñosa, hermosa desde pequeñita, muy alta y de carácter decidido. «Yo —dice la madre— me he sentido a gusto con ella, pero a su padre, si me permite la expresión, se le cae la baba. Emma ha cambiado desde que entró al instituto. Pensamos que no le iba a costar, por su carácter, por ser muy buena alumna y además porque iba a estar junto a otras dos o tres niñas de su anterior colegio, compañeras desde pequeñas. Desgraciadamente, les ha tocado otro curso y no hemos podido arreglarlo. Ella dice que no se acostumbra, que la gente es distinta, que las chicas fuman y salen los fines de semana hasta muy tarde y que con frecuencia se emborrachan. Se queja también de que los chicos son unos ordinarios y que la molestan. Pero lo que me ha decidido a traerla a su consulta es que la sorprendí devolviendo; cuando la regañé, me dijo que lo hacía porque estaba "como una foca". Enfadada me dio a entender que sufría y que había pensado quitarse de en medio.»

Emma escucha a su madre en silencio, sin mostrarse demasiado afectada por lo que cuenta, aunque muy seria y con un aspecto triste, casi solemne. La madre insiste en que el cambio es reciente, del último año, y que no ha sido causado por el desarrollo, ya que Emma tuvo la regla con 11 años sin aparentes problemas físicos o psíquicos. Recuerda que ya el año pasado había manifestado cierto temor por el paso al instituto y sus posibles dificultades para mantener sus buenos rendimientos y su buena fama.

La chica no está muy dispuesta a participar en la consulta, al menos delante de su madre, a quien pido que se retire. Cuando se queda a solas, y tras protestar señalándome su poco interés en estar conmigo, cambia de actitud al percibir que la trato como a una persona adulta. Afirmo que seguramente ella sabe lo que le está pasando, que da la impresión de ser una persona bastante observadora y que es plenamente consciente de que está en el lugar adecuado para intentar aclararse. Esta última afirmación la hace sonreír irónicamente, pero parece halagada cuando le reconozco su supuesto saber. «La gente es bastante desagradable —me dice—. Parecen ignorarme, cada uno va a lo suyo. Las chicas son todas pijas y se conocen desde siempre. A los profesores no les entiendo ni lo que dicen, seguramente suspenderé todo.»

Le hago ver que resulta muy extraño que pase desapercibida ya que, como ella sabe, es una mujer de buen aspecto, alta, proporcionada, casi distinguida... —uso un tono distante, cuidando las palabras para no molestarla y que la ironía implícita pueda ser aceptada. Emma parece pensar y, otra vez, da la impresión de que no le molesta el reconocimiento de aspectos valiosos de su persona. «Hay un chico, Antonio, que ha demostrado interés y se me acerca para preguntarme cosas.» «Seguramente —le respondo—, Antonio debe estar tan colgado como usted o tiene el privilegio de ser el más feo de la clase.» «¡Qué va! —exclama Emma, otra vez con una sonrisa—, no está nada mal y es el que gusta a todas.» «Menos mal que hay una persona en todo el curso que se le ha acercado», le insisto. «Será por pena, por compasión», me dice ella.

La acompaño en el sentimiento y le digo que menos mal que Antonio no tiene otro tipo de interés en ella. Me interrumpe, mientras sigo buscando palabras *serias*. «Me ha pedido salir, o algo así. El otro día me acompañó hasta mi casa. Es un buen chico, y es el único que se ha interesado un poco por mí en estos dos meses de clases.» Me mira y se adelanta a corregirme, aunque no he hablado: «También Jorge y José Luis me han hablado. Se sientan detrás de mí, están siempre de broma. Me molesta, ya que no me dejan seguir la clase, pero me hacen reír.» «Para llevar dos meses —intervengo—, no es tan mala la cosecha: el chico más popular, como dicen en las películas americanas, y los dos más graciosos. Es extraño que las chicas no estén un poco celosas.» Emma se apresura a informarme. «Celos no creo, ¡mala baba, mucha mala baba!» «Ahora me explico lo difícil que debe ser para usted concentrarse en los estudios y que sus nuevos profesores se den cuenta de que es una buena alumna. Seguramente ninguno lo habrá notado.» «Solamente el de Lengua. Le gustó una redacción que hice sobre la mujer y me pidió que la leyera delante de todo el curso. Fue un momento muy malo. El año pasado, en mi anterior colegio, con frecuencia me hacían leer mis trabajos, pero ahora me da vergüenza, veo la cara de las chicas riéndose de mí, igual que cuando se me acerca Antonio.» «Me da la impresión de que el orgullo y la vergüenza son muy importantes para usted.» «Sí, soy muy orgullosa —me contesta—, aunque desde que llegué al instituto creo que se me ha ido todo el que tenía.»

Morcillón

Morcillón, perdón, Consuelo, tiene 15 años y unas relaciones complicadas, salvo con Sultán, su pastor alemán. Acaba de llegar al barrio y ha cambiado de instituto. No conoce a nadie, pero hace grandes esfuerzos. Está desarrollada y bien proporcionada, de hecho parece mayor de lo que es y su aspecto resulta provocativo, aunque no hay nada en su forma de arreglarse que lo demuestre.

A los pocos días de vivir en su nueva casa, se enamoró del vecino con el que comparte rellano de escalera, quien pretendiendo ser cariñoso la llamó «morcillón», haciendo referencia seguramente a su aspecto físico pleno y prieto. No se lo dijo a ella, sino a su hermano menor, al que le contó lo «buena» que estaba la vecina. De forma muy gráfica, exclamó: «Parece un morcillón», pensando quizás en algo comestible y apetitoso.

Consuelo, que escuchó el comentario desde la ventana de su cocina, se quedó repitiendo: «Morcillón, morcillón...» Tenía la sensación de que finalmente la habían bautizado y que habían acertado de pleno, para bien y para mal. Apenas llegó su madre se lo contó, y ésta no pudo evitar reír con cierta complicidad. Sólo atinó a preguntarle cuál sería ahora su actitud, a lo que Consuelo, sin pensarlo mucho, contestó: «Bajaré de peso y, si no puedo, me suicido.» «Para, para —le dijo su madre, que la conocía bien—. Hay que pensar.»

Marta, su madre, no estaba tranquila con su hija. La consideraba noble, trabajadora, un poco inocentona. A ella le gustaba porque era sana y buena compañera, siempre solidaria; incluso con su padre, que hacía ya años vivía fuera y había formado otra familia, mantenía una relación aceptable. Se sentía cómplice de su inocencia, ya que le daba miedo que cambiara. Ahora vivía más preocupada: se iba a casar y Pedro vendría a vivir a su casa, serían tres; no sabía cómo se lo tomaría Consuelo.

Marta se daba cuenta del atractivo físico de su hija. Bastaba ir por la calle con ella para comprobar que todos los hombres la miraban, si bien ella no parecía enterarse. Había escuchado a Consuelo quejarse de su aspecto, de su gordura, pero siempre la mandaba callar rápidamente, diciéndole que se dejara de tonterías, que era preciosa. De lo demás prefería no hablar. Ahora la veía llorar, sentada en el suelo, con la cabeza apoyada en sus rodillas. Los sollozos las estremecían a ambas. De repente, su hija le anuncia: «Ya no salgo más, no quiero verle más, antes me suicido.» Tras acariciarla un rato, Marta la convenció de que no había nadie en la escalera que pudiera verla y se fueron a dar una vuelta. Entonces Marta se atrevió a hablarle. Le explicó su preocupación por ella, por lo de su boda, por su posible reacción y por sus relaciones. Consuelo la tranquilizó asegurándole que tenía la mejor madre del mundo y que nadie las separaría, ni Pedro ni ningún otro. Marta, por su parte, le sugirió que pidiera una consulta si lo creía necesario, que estaba aterrada y así se quedaría más tranquila, y que les serviría a ambas; que ella a su edad, cuando sus padres se separaron, lo había hecho. Pero Consuelo protestó, porque consideraba que hablar con su madre era una maravilla y que nadie lo haría mejor que ella.

Pocos días después, sin embargo, las conocí. Formaban realmente un equipo muy bueno. Trabajé con ellas durante cuatro sesiones solamente los temas pendientes que no se habían atrevido a tocar. Más tarde, incorporé a Consuelo a un grupo para seguir su evolución y apoyarla en la relación con sus padres. No pudo evitar contar entre risas, a sus nuevos compañeros de colegio —con los que hizo buenas migas— y a sus compañeros de terapia, su apodo de *Morcillón*. Aceptó este nombre de guerra durante un tiempo casi de forma provocativa, y al cabo de unos meses pidió que la llamaran «Telo». A su vecino no volvió a saludarlo. Incluso consiguió que su pastor alemán le gruñera cada vez que se cruzaban.

6. Las parejas

En su libro *Adolescences,* el profesor Philippe Jeammet, psicoanalista francés, aporta numerosas e interesantes reflexiones sobre el amor y las parejas en la adolescencia. A continuación recogemos algunas de ellas, adaptándolas a nuestra realidad y experiencia.

LAS PRIMERAS RELACIONES AMOROSAS

Los sentimientos amorosos tienen una larga historia cuyos primeros esbozos se hacen sentir en la infancia. Forman parte del desarrollo de la vida afectiva de la persona, que comienza mucho antes de la etapa adolescente. Sin embargo, esto es algo que saben sólo los adultos; para el joven todo es nuevo y cualquier insinuación de lo contrario puede ser mal recibida.

Muchas preguntas, muchas respuestas

«Reconócelo, estás colada por él, pasas horas pegada al teléfono esperando que te llame. Desde pequeña fuiste así de impaciente.» Patricia salta ante el comentario. «Es mentira, hablo con mis amigas que me llaman todos los días. Mi madre está empeñada en buscarme un novio —se dirige ahora a mí—, como mi padre no le hace caso...» La madre protesta e inician una discusión. Debo interrumpirlas alegando que ése no es el motivo de la consulta.

A solas con Patricia, me asegura que está bien, aunque es cierto que se siente algo perturbada y extrañada desde que conoció a Juan: «Es algo nuevo, estoy segura de que me va a llamar, lo que pasa es que ahora está en París. Le conocí hace dos semanas, cuando vino a visitar a sus padres. Su hermana es íntima amiga. No sé qué vio en mí, se sentó a mi lado y no dejó de hacerme preguntas. Nunca un chico me había preguntado tanto y debo reconocer que me gustó. Yo, que generalmente me siento incómoda y un poco violenta cuando me preguntan, estaba encantada y esperaba más y más. En un momento reaccioné y le pregunté, ahora yo, si era el hombre de las preguntas. Se rió y al principio pareció dudar. Luego, mirando al suelo como con timidez, me dijo: "Nunca he preguntado tanto." Ahora espero nuevas preguntas mientras escucho a mis amigas y creo que tengo preparadas las respuestas. Mamá no se entera, ella cree que estoy coladísima, pero yo creo que estoy entusiasmada de tener tantas respuestas.»

VIDA AMOROSA

La vida amorosa forma parte de las experiencias que no pueden transmitirse. Cada uno reinventa el amor a su manera, de generación en generación, y se esfuerza en hacerlo lo mejor posible. La forma en que los padres manifiestan su afectividad y hablan de sus propios sentimientos imprime en el adolescente un estilo y una pauta de lo que él puede permitirse. Algunas familias son más capaces que otras para decir «te quiero», usar palabras tiernas o apretar fuertemente en un abrazo, algo muy importante en la educación amorosa.

Emilia, una autista entrañable

Viene a consulta la madre de Emilia sin su marido, que no la ha podido acompañar porque está trabajando, como siempre: «Hoy recibía a unos alemanes, estoy acostumbrada», me dice. Emilia tampoco ha venido ya que está en su clase de cerámica. La atiendo desde pequeña por un cuadro benigno de naturaleza autista.

Rubia, espigada, de aspecto lejano y distinguido, de voz atiplada y monocorde, parecía escapada de un planeta lejano. Tardó años en hablar y en educarse; sin embargo, con un empeño impresionante, consiguió superar sus estudios medios y sacar su carnet de conducir. Hoy trabaja como auxiliar administrativo en una pequeña empresa y con cierto éxito, ya que es muy eficiente y se hace querer. Acude a un grupo de terapia semanal en nuestra consulta con jóvenes de otras patologías. Me confirma que viene a gusto, jamás falta y se encuentra muy bien. Se expresa con soltura y ha desarrollado una excelente convivencia con su hermano, la novia de éste y sus padres. Es atenta y colaboradora, seria y ordenada, tiene múltiples actividades que lleva por su cuenta de manera que la ven poco en casa.

Tiene amigos con los que sale los fines de semana y dice no interesarle el buscar novio. Cuando le hacen una broma al respecto, contesta muy seria: «Eso lo dejo para más adelante.» Ya no le molesta que le hagan cosquillas o la toquen, como le ocurría en su infancia. Su padre, entre risas, la obliga a que le dé unos sonoros besos al acostarse, y si no es suficientemente efusiva tiene que repetirlo.

Aunque Emilia continúa siendo algo esquiva a la aproximación física, no lo es más que el resto de la familia, como señala su madre: «Somos del norte de Europa y ahora me doy cuenta de lo estirados que parecemos, especialmente en este aspecto. Tenemos mucho contacto y relación con gente de Andalucía y observo que son mucho más expresivos en su forma de acercarse.»

EL DESCUBRIMIENTO DEL OTRO

En la adolescencia, la atracción del otro es casi siempre fuente de dificultades; al ir hacia el otro, uno se arriesga a perderse en el camino. Pero, como la tentación es muy fuerte, la mayoría sucumbe a ella de una u otra forma, superando las dificultades.

El cartero

Liliana tenía 17 años cuando venía a un grupo terapéutico tras superar, no sin dificultades, una anorexia nerviosa. No había perdido ningún curso y ya estaba en COU, pero la enfermedad se había llevado 2 años de experiencias sociales propias de la adolescencia.

Dulce e ingenua, destacaba en ella una gran sonrisa que le llenaba la cara. Parecía empatizar con todos los integrantes del grupo. Nunca había contado una aventura amorosa suya, aunque seguía con interés las ajenas, hasta que en una sesión nos comentó que a ella también le estaba pasando algo: recibía cartas anónimas, todas muy bonitas, de un chico que suponía era de su colegio y que no quería identificarse porque pensaba que ella le rechazaría. Sus compañeros, muy atentos a la historia, la acosaron a preguntas que parecían complacerla. En las semanas siguientes, esperaba que le preguntaran para así comentar las nuevas cartas.

Pasado un mes y medio, confesó que había hecho una locura. Su admirador le había pedido una prueba de su interés: que le dejara una carta suya dentro de uno de los libros de una gran librería cercana a su casa. Después de muchas dudas, escribió una en la que le agradecía la correspondencia recibida y le animaba a seguir. En esa ocasión, no se atrevió a decir que su madre, muy entrometida, también le había aconsejado a ella que siguiera adelante. Nadie creía que Liliana aún no sospechara quién era el chico. Poco después, en otra carta, éste le comunicaba que un amigo suyo se le acercaría en la misma librería para hablarle de él. Liliana contaba entre risas y dudas que se había presentado un compañero y vecino del barrio que, muy serio, le explicó que su amigo se moría por ella, pero que era muy tímido y estaba lleno de complejos. Sin pensarlo mucho, ella manifestó sentirse muy halagada por las cartas, sabiendo que era él, aunque ninguno de los dos se atrevió a reconocerlo.

El grupo le volvió a manifestar su apoyo. Ahora sabíamos que el «cartero» se llamaba David. A finales del curso, el secreto se hizo público, pero se mantuvo cierto anonimato: en el periódico del colegio, cambiando los nombres de Liliana y David por los de Susana y Carlos, se relataban estos hechos. Poco después, él la citó en El Retiro y le pidió salir. Otra vez sin pensarlo mucho, Noelia aceptó, pero al llegar a casa ya estaba arrepentida. Al final rompió con David, pese a los esfuerzos de su madre para que siguiera.

Liliana tendía a consultar todo con su madre para luego hacer lo contrario, quejándose de lo intrusa que era. Estaba encantada con la situación, pero poco interesada en el chico y nada preparada para llevar una relación que le asustaba.

PAREJA Y DESARROLLO PSICOSEXUAL

Así como las amigas juegan un papel fundamental en el cambio de chica a mujer joven, y los amigos proporcionan un estímulo en el plano espiritual, las parejas suelen ser un ingrediente necesario para el desarrollo psicosexual. A veces se suceden con demasiada frecuencia, otras con gran intensidad y en muchas ocasiones con una enorme dependencia.

También hay gente que nunca forma una pareja, ni siquiera por breves periodos; reniegan de ello, lo descalifican o lo ignoran —al menos así lo aparentan—. Hasta cierto punto, el haber ligado o tenido novio alguna vez es una obligación *social.* Y en este empeño de hacerse iguales, los jóvenes entran en batallas difíciles de rehuir o se sienten tentados por ellas. «Salir con», «enrollarse con», «tener novio o un chico» constituyen diferentes vías para llegar a un proceso de emparejamiento.

«El chico que me gusta es homosexual»

Clara quiere contar algo. Ha estado escuchando a los otros integrantes del grupo y pide la palabra. Se incorpora en la silla, parece que se estira, y mientras mueve los brazos y las manos con gracia nos dice: «Lo mío es complicado: mi chico es homosexual.» Se hace un silencio y ella sigue: «Él hace ballet, como yo, y tenemos una relación muy bonita. No nos vemos todo lo que quisiéramos porque está en Barcelona. Sí, es completamente homosexual. Tiene un novio desde hace 2 años.

Este fin de semana voy a verle. Es difícil de explicar, espero que suceda algo. Llego a su casa y me acuesto junto a él.»

Varios chicos del grupo interrumpen el relato de Clara con preguntas. Luego ella sigue: «Falta algo, no creo que él sepa que estoy por él, me resisto a aceptarlo y pienso que algún día cambiará. Sé que es una estupidez, pero veo mi vida a su lado. No, no es bisexual como preguntan, es completamente homosexual.»

Clara tenía una mala opinión de los hombres. Su padre las había abandonado cuando ella tenía 3 años y su madre, que nunca había podido aceptar tal situación, la educó en el temor a los chicos. Y en este chico homosexual creyó encontrar la posibilidad de acercarse a un varón sin peligro. Se enamoró sin darse cuenta y tardó meses en resignarse. Sólo cuando él se fue a trabajar a Alemania pudo Clara pasar a otra etapa.

LAS AMIGAS Y LOS PROCESOS DE SEDUCCIÓN

Las amigas son cómplices en los procesos de seducción, eficaces embajadoras y muchas veces rivales que ponen en peligro la propia amistad. En las familias actuales, los padres tienden a ser tolerantes y hasta cierto punto animan a las chicas a arriesgarse, a la vez que les piden precaución y les hablan mal de los hombres.

Todo proceso de seducción tiene sus reglas, sus momentos, sus lugares y sus horarios. Cada viernes, miles y miles de chicas vestidas con trajes «de guerra» van a la guerra, en una procesión que suele repetirse dos o más noches a la semana y casi todas cuando están de vacaciones. Estas salidas son cada vez más largas y empiezan más tarde, lo que les permite, junto a sus congéneres masculinos, ocupar parte de la ciudad en exclusiva y de paso disminuir rápidamente las reservas de alcohol de tiendas de aspecto inocente. En esos ambientes cerrados y musicales de potentes decibelios, o abiertos a grandes «manadas» en la calle, se liga con rápidas e insistentes acometidas. Algunas chicas ligan mucho y se especializan en ello, sin poder retener a su pareja durante mucho tiempo; otras ligan poco pero de forma más duradera.

Aparte del rito de seducir y encontrar una pareja, la capacidad de mantenerla tiene un valor social específico en el mundo adolescente y supone el desarrollo de ciertos instrumentos que van configurando la persona. El chico casi siempre aporta algo cuando la elección es adecuada, porque ayuda a la joven a centrarse y alejarse un paso más de sus padres. Pero una mala elección resulta arriesgada, más aún si a la chica le cuesta romper o lo que pretende es reformar a un desastre. Cuando una chica cae en una situación así e intenta cambiar a un muchacho imposible, las amigas cumplen en la mayoría de los casos un papel de cuidado y protección, no siempre reconocido, y en no pocas ocasiones unen esfuerzos con los padres para rescatarla.

RUPTURAS

La capacidad de formar parejas en la adolescencia es un indicador de salud y, al mismo tiempo, de la evolución de su proceso adolescente. Las rupturas pueden ser muy dolorosas y en ocasiones motivan las consultas.

Rosa, la pequeña «viuda»

Me llama Pepa, a indicación de una enfermera que conozco, para acudir a mi consulta. Por teléfono, hablando precipitadamente, me cuenta que está muy preocupada por su hija Rosa y que es ella en realidad la que ha solicitado la entrevista. Intenta explicarme que es muy urgente, ya que está muy confundida desde que rompió con Gabriel, el chico con el cual salía.

Una semana después vienen Rosa y su madre. Me dirijo a la chica y le pido que me dé sus datos: «Me llamo Rosa, tengo 17 años y soy estudiante, hasta ahora una buena estudiante.» Al preguntarle por su estado civil, responde rápidamente: «Soltera.» Le pido que precise si es soltera de nacimiento, por vocación, si es separada, divorciada o viuda. Sonríe y otra vez rápidamente me contesta: «Viuda.» Después de vacilar un momento me cuenta que dejó de salir con un chico hace tres meses. Le pregunto si le costó mucho despedirlo y me dice que no. «La verdad, fue él quien lo dejó, estaba muy agobiado.» Debo hacer esfuerzos para que su madre no abra la boca, ya que está dispuesta a participar activamente. «Llevábamos 3 años juntos, quizás un poco más, ya que antes nos veíamos todos los días. Hemos salido y roto varias veces. Se llama Gabriel y es un compañero del colegio.» «Parece una persona con muchos agobios», le insinúo. «Sí —me contesta—, también con los estudios.» «Quizás hubiera preferido dejarle usted», vuelvo a insinuarle. «No, no crea, eso da igual.» «Habrá quedado él muy afectado después de la decisión», sugiero. Otra vez me corrije: «Más afectada he quedado yo.» «¿Siente pena?», le pregunto. «Sí, he llorado mucho, pero más que pena es obsesión, no puedo pensar en otra cosa.» «¿Le ha afectado al ánimo?», vuelvo a preguntarle. «Sí, es cierto, estoy con el ánimo por los suelos y no me concentro, por primera vez traeré dos suspensos.» «¿Y el humor?» «Bueno, en casa somos todos impulsivos, es un griterío permanente, no creo que yo sea peor que los demás.»

Con esfuerzo y energía hago callar a la madre, que ahora protesta. «Duermo peor, me despierto a veces y estoy cansada de tanto pensar.» «¿Sueña?» «Sí sueño, sueños malos, pero no pesadillas.» Pepa no puede aguantarse más y logra meter baza, insistiéndole a su hija que me cuente todo, que sueña con él. Rosa continúa su relato: «He perdido peso y apetito... No, la regla no. Me duele la cabeza, aunque no es extraño, ya que me ha pasado siempre. Le veo todos los días y hablo con él. Le cuento lo mal que me encuentro y, como él se siente mal, yo me quedo mejor. Me voy a casa a maquinar lo que le diré al día siguiente.» Cuando le pregunto si cuenta con apoyos, me contesta rápidamente: «Mis amigas me preguntan cada día cómo estoy. Se han portado muy bien, lo cual ha sido una sorpresa, ya que desconfiaba de ellas. Todas me aconsejan lo mismo, igual que en casa, donde me apoyan —siempre lo han hecho—, aunque mi padre protesta y dice cosas horribles de Gabriel; mi madre, ya la ve, está conmigo, pero —ahora sonríe— nunca le hago caso.» «Debe ser difícil no hacerle caso a un personaje tan cercano y convincente», le comento. «Estoy acostumbrada», insiste ella.

Pregunto a Rosa si su padre ha pensado pegar a Gabriel por dejar así a su niña. Vuelve a reírse y me contesta: «No, no es tan bruto.» La madre interviene para explicar que «educación sí que tenemos». Me intereso entonces por la salud mental de la joven antes de romper con Gabriel. Ella descarta que tuviera problemas. Ahora está un poco deprimida y pensando reiteradamente lo mismo: no tiene claro si quiere volver, maquina lo que le dirá al día siguiente, teme no volverle a ver...

Doy la palabra a su madre para que nos cuente detalles de la niñez de Rosa. Se recuesta en la silla y parece más interesada en aportar hipótesis sobre la situación actual, que en los años pasados. Ante mi insistencia, acepta y recuerda que en su primera infancia Rosa fue una niña inapetente, con dificultades para dormir, aunque cree que lo más significativo era la dificultad que tenía para separarse de ella. Lloraba tanto que ellos, sus padres, no podían salir, pero sin embargo no le había costado acostumbrarse al colegio. Y precisa: «Bueno, la niña se adaptó a las clases, pero le costó mucho hacerlo con las otras niñas. Dependió mucho de mí hasta que conoció a Gabriel; pasó de mí a él. Ni a mi marido ni a mí nos gustaba esa relación, ya que era muy absorbente; de hecho, en los meses previos a la ruptura Rosa desconfiaba de sus amigas y no se llevaba bien con ellas.» La chica niega lo que oye sin mucha convicción, pero termina aceptándolo. «Curiosamente —continúa Pepa—, a mi hijo mayor le pasó algo parecido, estaba muy unido a un amigo, se sintió defraudado y rompió con él. Quedó también muy afectado y debimos llevarlo a un psicólogo. Eso fue hace algunos años, ahora está bien, reservado, pero bien.»

Termino aquí esta primera entrevista, agradeciendo a ambas su colaboración. Le digo a Pepa que su hija ha hecho una muy buena entrevista y que considero suficiente su aportación. Quince días después vuelven a la consulta. Ambas están contentas, con novedades. Empieza la madre a hablar y yo le pido que se calle; y, dirigiéndome a Rosa, le pregunto: «¿Qué tal estás?» «Mejor», se apresura a contestarme y se ríe abiertamente. «¿Un nuevo chico?», le pregunto. Vuelve a reírse, satisfecha, y continúa: «Es un amigo de Gabriel, que salía con una amiga mía.» Ante mi expresión incrédula, me dice: «No se lo quité, había ya dejado de salir con ella. Empezamos a salir en Nochevieja.» Pepa, su madre, quiere intervenir para que su hija aporte más detalles. Logro frenarla y me dirijo nuevamente a Rosa, que me cuenta: «Hablé antes con Gabriel para que me aconsejara y me dijera si tenía posibilidades con Fran. Él hizo de intermediario y salió todo bien.»

Me pareció una jugada maestra y así se lo hice ver, como también la confianza que tenía con su madre, a la que le participaba todas sus aventuras. Entre risas, ambas me aseguraron que mantenían cierta intimidad para sí mismas, pero que se lo contaban casi todo.

EL SEXO EN PAREJA

Sin duda, el sexo forma hoy parte de la relación de pareja entre adolescentes. Resulta milagroso el escaso número de embarazos, contrariamente a lo que se dice. La mayoría de las chicas, y también de los chicos, se inician en la sexualidad con gente de su generación. Se trata de las primeras generaciones que se permiten una práctica sexual antes de los 18 o 20 años sin temor a los padres, a los curas o a los embarazos. Las costumbres cambian, pero una vez más vemos que no todos los jóvenes están preparados para ello y algunos terminan pagando un precio excesivo.

Mal de amores

Rosana es una chica muy atractiva y lo sabe; lo único malo es que no puede evitar ser siempre atractiva y transformarse así en centro de atención erótica. Más bien menuda y muy bien proporcionada, se viste con poca ropa y apretada. Tiene una larga cabellera rubia que mueve con soltura y una sonrisa pícara que utiliza sin parar.

Todo esto lo descubrió un verano en el sur, en un calurosísimo campo de trabajo voluntario. Hasta entonces se había considerado un pato feo y despreciable, sobre todo cuando pasó una etapa anoréxica que convirtió su cuerpo en la caja de resonancia de todas sus supuestas miserias. So pretexto de cuidarlo y dejarlo para siempre con aspecto de Lolita venida a menos, comía para devolver. Preocupada en exceso por su madre, a la que veía como víctima de un marido despótico y para ella cruel, y viendo como algo inevitable su crisis matrimonial, no paraba de montar números cuyo propósito era lograr que se unieran contra ella. Afortunadamente, la familia, encabezada por su madre, se organizó para cuidarla y ello, unido a sus esfuerzos, le permitió ese verano viajar al sur y transformarse en la reina del campo de trabajo.

De vuelta a Madrid, cambió de colegio y por primera vez en 2 años empezó a asistir a diario; recuperó las notas y también su autoestima como estudiante, lo que a la larga le permitió ingresar en la universidad. Cambiar de colegio y enamorarse de Eduardo (Dudu) fue algo instantáneo. Compañeros de curso, él era un pésimo estudiante y un consumidor habitual de *cannabis*. Sus padres, sumidos en una crisis matrimonial perpetua, lo dejaban por imposible y le daban absoluta libertad. Eduardo se pegó a Rosana y ella a él, en una intensa, pública y excluyente relación.

En menos de quince días iniciaron una vida sexual intensa, sin esperar siquiera los dos meses que manda la «legislación» más permisiva entre adolescentes. Nunca les falló el condón. Rosana consiguió que sus padres apoyaran su relación como mal menor, ya que en alguna forma se cuidaban, aunque les aterraba encontrar porros en su habitación. Eran hasta cierto punto permisivos porque también ellos los habían fumado en su juventud, hecho que comentaron con la chica sin dejar de advertirle sus temores. Rosana intentó que Dudu estudiara y consiguió lo que nadie hasta entonces había logrado, pero aun así no logró que terminara el Bachillerato a la par que ella, lo que les obligó a separarse al iniciar ella la universidad, ya que él siguió en el colegio. La relación entró en crisis y decidieron no seguir juntos.

Tras la ruptura, Rosana empezó a sufrir lo que sus padres denominan «mal de amores»: coquetea con todos sus compañeros y en ocasiones logra estar rodeada de nueve o diez varones; sin embargo, ve a Dudu todos los días, casi tantas horas o más que antes. El consumo de coca en grandes cantidades parece explicar su euforia y su forma de comer actual. No puede centrarse y los esfuerzos de su terapeuta para ayudarle a reconducir su situación resultan estériles. Su psicóloga me ha pedido que la ingrese, su madre también; ahora falta Rosana. Con 20 años, puede tener una nueva oportunidad.

7. El sexo adolescente

Las conductas y las actitudes hacia el sexo adolescente han cambiado mucho en los últimos tiempos. En la clínica vemos diariamente una evolución que parece no tener fin. Los jóvenes han cambiado, pero también los padres, y no sólo en España, aunque en nuestro medio da la impresión de que se ha pasado de un extremo al otro en 20-25 años y que aún no se encuentra un término medio.

Escuchaba no hace mucho a la psiquiatra inglesa Jeanette Treasure comentar que también los jóvenes ingleses permanecen más tiempo en casa, aunque no tanto como los nuestros. Decía la doctora que una de las explicaciones de este cambio es la mayor tolerancia de los padres, que permiten a sus hijos incluso mantener relaciones sexuales en el hogar. Hace 25 años, a nuestra consulta de psiquiatría del Hospital de la Cruz Roja nos enviaban pacientes muy diferentes; por ejemplo, señoras casadas para que les recetáramos la píldora que los ginecólogos se negaban a darles. Es necesario recordar, puesto que hoy ya es prehistoria, que no existía la venta libre de anticonceptivos. Aun así, la mujer española bajó su natalidad al mismo tiempo que las mujeres del sur de Europa. También de forma disimuladamente hipócrita, se enviaba al servicio de Psiquiatría a quienes habían decidido abortar y debían viajar a Londres.

En aquella época, la consulta psiquiátrica de adolescentes empezó a aumentar. Prácticamente no había casos de anorexia y muy pocos relacionados con las drogas. Los motivos de consulta, como ya hemos comentado, eran otros: fracaso escolar y trastornos de conducta en varones, y trastornos emocionales y psicosomáticos en las chicas. En cuanto a los cuadros de depresión mayor y esquizofrenia, ambos con inicio en la adolescencia, tenían la misma frecuencia que en la actualidad. En la clínica observábamos una conducta sexual escasa que, al compararse, chocaba con las cifras del resto de Europa, y algunos casos de adultos jóvenes que habían hecho de la revolución sexual su bandera. En aquellos momentos, ciertos grupos minoritarios pero conocidos vivían experiencias comunitarias y algunos educadores proponían una educación sexual también liberadora en la infancia.

Creo que los clínicos infanto-juveniles hemos atendido a todos los hijos de las comunas y a todos los alumnos de las escuelas experimentales que empezaban a surgir esos años. No sabemos si ello obedece a un exceso de preocupación psicológica de tales colectivos o si aquellas experiencias concluyeron en una fábrica de personalidades vulnerables e inestables.

LAS PRIMERAS RELACIONES SEXUALES

La hija de una amiga

Me llama Francisca, médica y amiga, para hablarme de Lucía: «Me ha dado una sorpresa y me tiene aturdida, pero no te procupes que no es nada demasiado serio.» La recibo sin su hija. «Lucía tiene 15 años y es aparentemente una chica saludable. Conozco poco a sus amigos y amigas, por mi trabajo, aunque creo que la mayoría son del colegio. El domingo pasado me soltó de improviso que se había acostado con un chico. ¡Casi me muero! La saqué a empujones del pasillo, la senté en el comedor, encendí un cigarrillo y le dije: "A ver, gilipollas, ¿qué es lo que has hecho esta vez?" Yo estaba nerviosísima y me iba cabreando por momentos. Me miró y respondió rápidamente: "Pues acostarme con Pedro." Pedro es un chiquito con el cual sale, un compañero de curso, de aspecto insignificante y algo tartamudo. "¿Cómo fue?", le grité. "Muy sencillo, me dijo que si quería y yo le dije que sí, y no pensé más." "¿Dónde?", volví a gritar, mientras me temblaba todo el cuerpo. "Aquí, en tu habitación, ayer por la tarde."

Encendí otro cigarro y creí que me moría de verdad. Sólo atiné a decirle que la llevaría al ginecólogo. Sonó el telefonillo, eran sus amigas que la invitaban a bajar. "Adiós, mamá", escuché, y se largó. Me quedé helada; me había impresionado su frialdad, más bien su caradura. No parecía triste ni preocupada, tampoco alegre. ¿Para qué me lo habría contado? Ni ella ni yo hablamos mucho; en casa el único que de verdad habla es Ignacio, su hermano pequeño, que afortunadamente no estaba en ese momento. ¿Tú crees que es normal? Hasta ahora estaba bastante segura de que era una cría como tantas otras. Recordaba anoche cuando yo tenía su edad y empezaba a tontear, pero no era así, jamás le habría contado a mi madre nada parecido. Lucía es distinta, aunque habla poco lo suelta todo. La llevaré al ginecólogo para que le explique las cosas y hablaré con ella, aunque me da miedo soltarle una moralina y que se ría de mí. Hablaré con ella y le diré que estas cosas son serias.»

En nuestro ya citado estudio de Móstoles, basado en una población escolar de 15 años y de ambos sexos, cuya toma de datos se hizo en los años 1993-1994, un 5,41 por ciento de las chicas afirmaba haber tenido relaciones sexuales completas, frente al 8, 3 por ciento de los varones. Según datos del Boletín Epidemiológico de la Comunidad de Madrid de 1977, el 15, 8 por ciento de los estudiantes adolescentes ha tenido alguna vez en su vida relaciones sexuales con penetración. Esta proporción es muy superior en los varones (20,1 por ciento) que en las chicas (11,9 por ciento), así como en los jóvenes de 16 años (13,2 por ciento) frente a los de 15 (6,1 por ciento).

En la tabla siguiente podemos observar cuál es la actitud de los jóvenes ante las relaciones sexuales.

TABLA XIX

ACTITUDES JUVENILES ANTE LAS RELACIONES SEXUALES

	1994 %	*1999* %
A. Los jóvenes podemos hacer el amor siempre que nos apetezca	52,3	57,3
B. Autocontrolarse también es un valor	33,9	21,1
C. Depende de los casos	9,9	16,5

(J. Elzo y otros, *Jóvenes españoles 99*, Fundación Santa María, Madrid, 1999.)

PUBERTAD FISIOLÓGICA Y CAPACIDAD DE VIVIR LA AFECTIVIDAD

El desarrollo no es un proceso homogéneo en el que cada una de las funciones adquiere su plenitud simultáneamente. Con la pubertad fisiológica, la niña cambia de forma apresurada y evidente, fenómeno que se percibe de manera muy distinta desde dentro y desde fuera: para la mayoría de la gente está claro que la niña va adquiriendo forma de mujer; pero no para la propia niña, que lo sabe y no lo sabe, ignorando si es un sueño, una pesadilla o algo inevitable.

Los adultos saben que un porcentaje elevado de jóvenes pasa por una etapa de «patito feo», y por tanto sólo tienen que esperar; pero el patito, al mirarse al espejo, se aterra pensando que quedará así para siempre y, si pudiera, volvería atrás. Son legión las adolescentes que intentan parar el tiempo y buscan desesperadamente quedarse en la infancia, mientras que otras, en el extremo opuesto, se empinan, se arreglan y buscan «disfraces» para parecer un año mayor.

La afectividad se descentra e inicia un periodo de fuertes oscilaciones *disfóricas* (del estado de ánimo y del humor). Ahora la joven no es solamente el pato feo, sino el pato feo en la edad del pavo. Patos y pavos no siempre se han llevado bien y menos en el mismo pellejo. La afectividad se dispara hacia fuera en una expansión que invade al otro perdiendo todo límite. Poco después, se retrae en una alegoría egocéntrica que hace desaparecer a los demás, salvo como espectadores o espías. Quien esté dentro del radio de acción de estas ondas expansivas corre cierto peligro, incluso si tiene similar edad. La capacidad de vivir la afectividad es mayúscula, y minúscula la posibilidad de modularla.

SEXUALIDAD Y BÚSQUEDA AFECTIVA

La sexualidad representa siempre una búsqueda afectiva que va mucho más allá de la consecución del placer. Esta bonita idea, atribuida habitualmente a las mujeres, exige una reflexión más pausada.

El deseo sexual poco tiene que ver con el afecto, al menos en sus inicios. Cuando una chica ve un videoclip de un cantante de moda, presentado de una forma seductora, puede sentir junto al placer de la mirada, y en ocasiones de la voz que escucha, un cierto interés sexual, incluso localizado en partes explícitas del cuerpo. En estos casos, habría que ser enormemente romántico para pensar que se trata de una búsqueda afectiva.

Una historia atrevida

Pilar tiene 14 años. Un día cuenta en su grupo terapéutico una anécdota atrevida que sus compañeras le ríen: «Estaba en una discoteca y al salir del servicio vi a un chico que estaba buenísimo, con un culito maravilloso, así de redondito —señala con ambas manos—. No pude evitarlo y le di un pellizco. Se dio vuelta y, en lugar de mirarme, se puso furioso con un amigo mío que estaba a mi lado. No pasó nada. Más tarde me acerqué a él en la barra y le dije que había sido yo la del pellizco. Me confesó que era un alivio, ya que había creído que se trataba de un tío y eso le parecía una mariconada. Nos reímos los dos y terminamos enrollados.»

Las restantes adolescentes del grupo, para no ser menos, reconocieron que era práctica común dar «discretos manotazos» en el trasero, mientras bailan, a algún chico que se encuentre próximo. Y Yolanda terminó afirmando: «Si ellos lo hacen, merecido lo tienen.»

SENTIMIENTOS Y SEXUALIDAD

En la especie humana, a partir del momento en que el cuerpo se hace sexuado, sentimientos y sexualidad son indisociables, incluso si por pudor, temor o negación se separan. Especialmente durante la adolescencia, los sentimientos pueden adquirir tal variación, oscilación e intensidad que se confunden hasta hacerse irreconocibles. Pena, rabia, alegría, euforia, tristeza, aburrimiento...

La *alexitimia* o incapacidad de darse cuenta de los sentimientos y estados de ánimo es propia de los trastornos psicosomáticos, aquellos en los que todo el mundo se da cuenta de lo que a uno le pasa, menos uno mismo. Algo similar les ocurre hoy a las adolescentes. Mientras que en una época todo se explicaba a través de la sexualidad —detrás de todo estaba el sexo—, el panorama actual resulta más complejo. La joven de hoy, poseedora aunque no necesariamente dueña de su sexualidad, debe hacerla suya al mismo tiempo que busca palabras para expresar otros sentimientos y ponerlos en su lugar, como cuando se intenta escribir un poema o la letra de una canción. Por ello, y no sólo en la psicoterapia, animamos a las chicas a escribir, pintar, hacer teatro, música o baile, con el fin de que cada una encuentre su vía de expresión, sin la cual se puede enloquecer, como afirmaba Graham Greene.

Modular los sentimientos

Los sentimientos producen un doble efecto: por un lado dan fuerza, son fuente de ensanchamiento de las sensaciones y de los pensamientos, de consolidación de uno mismo; pero, al mismo tiempo, llevan el peligro potencial de superar la barrera de la vulnerabilidad y perder el control.

Lo importante es aprender a *modular*, no a controlar, los sentimientos, como afirmaba el doctor Jorge Thomas, extraordinario psicoanalista de adolescentes. Y este aprendizaje sólo se logra con la práctica, que siempre implica la presencia del otro:

la amiga, el amigo, el amante, algunas madres y algunos padres, un hermano, un profesor... Sin embargo, en ocasiones los sentimientos invaden todo el campo consciente y no dejan pensar en otra cosa, como ocurre en el enamoramiento, la enfermedad más frecuente de la adolescencia. Enfermedad, por otro lado, necesaria —como lo son algunas enfermedades de la infancia— que no tiene tratamiento. Afortunadamente, nadie consulta por estar enamorado.

Diagnóstico: amores

Como en todo, hay excepciones, y así Maruja, una adolescente tardía de 21 años que había logrado sortear la adolescencia metiendo la cabeza debajo de un libro, vino a consultar por extrañas sensaciones que la perturbaban. Estaba inquieta, dormía mal, soñaba constantemente y no podía concentrarse en sus queridos estudios porque no dejaba de pensar en Miguel, un compañero bastante atractivo y también muy interesado en la carrera de Arquitectura que ambos cursaban, con el cual había preparado recientemente un trabajo.

«Muchas horas compartidas, lo normal», decía Maruja. Pero cuando terminaron el trabajo, algo raro empezó a suceder. En realidad fue un poco antes, como recuerda Maruja haciendo un poco de memoria, en un momento en el que Miguel, sentado frente a ella en el tablero, se quitó las gafas y la miró. «Fue una mirada distinta, como cansada, como de miope.» Tras unos segundos, él sonrió y, encogiéndose de hombros, la animó a seguir el trabajo, ya que era muy tarde. Maruja no estuvo muy productiva esa noche, sino que se limitó a ayudarle.

Le pregunto si alguna vez le había pasado lo mismo y rápidamente lo niega. Me mira como dubitativa y ahora es ella la que pregunta: «¿Qué quiere decir con "lo mismo"?» Me quedo pensativo y ella vuelve a preguntar, entre alarmada y divertida: «¿Que si me he enamorado en otra ocasión?» Asiento con un gesto. «Soy completamente idiota, loca debo estar: venir al psiquiatra para que me diagnostique un enamoramiento. Solamente a Maruja le puede ocurrir.» Al la salida la espera su padre, un hombre grande, de aspecto cálido, vestido con un abrigo cruzado. Maruja se le acerca sonriendo y le dice: «Me ha diagnosticado matrimonio, que estoy enamorada.» El padre sonríe como si ya lo supiera.

El sentimiento crea dependencia

En la medida en que el sentimiento amoroso y sus manifestaciones emocionales provocan una cierta dependencia respecto de la otra persona, la adolescente puede llegar a asustarse. Por un lado, pues, está la tentación, y por otro el peligro. De ahí las distintas reacciones que pueden darse, como vemos a continuación.

Rosana

«Me conozco. Me enamoro en pocos minutos y pienso que va a ser para toda la vida. Paso. Me toman el pelo todo lo que quieren. Hay tanto buitre suelto que busca enrollarse y nada más. Una noche y el día siguiente temblando a ver si te llaman. A veces pienso que, cuando he tenido un rollo con alguien, ha sido para que me llamaran al día siguiente y al otro. El momento más emocionante era cuando me pedían el teléfono, y si no lo hacían volvía a casa con la sensación de absoluto fracaso. Ahora paso, muchas risas y nada más, y estoy tranquila.»

María

«Yo, como ellos. Si un chico está bueno, voy a por él, descarado. A veces me siento un poco puta, un poco cabrona, me entendéis, supongo. Yo no quiero líos, pero igual me meto en ellos. Siempre termina alguien cabreado: que si te enrollaste con ese que sale con aquélla, que si le has quitado el chico a Fulanita... Vamos, te ponen a parir.

El fin de semana, por ejemplo, me enrollé con tres: con Juan, que me acompañó a la discoteca, en el camino; con Paco en la discoteca y, cuando volví a casa, con Jesús, el de siempre. Si lo supiera mi madre... Después se lo cuento y se asusta. Tengo 15 años, supongo que será la edad.»

La ambivalencia del deseo

«Cuando amo, estoy asustada de amar y, además, tengo mucho miedo de que me decepcione o que yo le decepcione a él.» Esta declaración demuestra que los sentimientos aparecen siempre mezclados en la etapa adolescente y que, con frecuencia, se sienten como conflictivos, pues contienen a la vez amor y odio.

Dolores

«Fran es tan perfecto, tan bueno, tan guapo. Perdón. No me atrevo a decirle lo mío porque pienso que se va a desilusionar. He tratado de hacerlo, el otro día le di la plasta y creo que metí la pata. Le volví a insistir que había tenido un problema. Me miró con curiosidad y me puse a temblar. "Un problema de chicas", le dije. "¿Qué problema?", me preguntó un poco mosqueado. "Algo que le pasa a muchas chicas", volví a insistir. Y a ver si adivináis lo que preguntó...» Dolores habla a tal velocidad y está tan agitada que nadie del grupo interviene. «Me preguntó si me habían violado, ¡es el colmo! Me soltó un rollo sobre la violación, lo difícil que era superarla, que no me preocupara, que me ayudaría... Me quedé de una pieza, me sentí horrible. Los hombres son idiotas. No me atreví a decirle que había tenido anorexia.» «Yo no se lo diría —apunta Francis—, no creo que lo entendiera.»

PLACER Y TEMOR

Placer y temor están estrechamente relacionados, incluso mezclados. La atracción de la adolescente por los nuevos impulsos coexiste con el miedo a ser desbordada, a perder el dominio que creía haber adquirido. Cada joven intenta protegerse a su manera.

Gloria

«Nosotros no tenemos relaciones, me entendéis, relaciones sexuales; nos enrollamos pero nada más. Lo hemos hablado. Yo no quiero tenerlas por mis principios, y él me respeta, dice que no le importa. Creo que es verdad, ya que no insiste y oportunidades no nos faltan cuando mis padres se van a la sierra. Vemos la tele y nos enrollamos en el salón, nada de dormitorio. No me atrevo, creo que hay que conocerse más y estar bien seguros. Mi madre me advierte de ello y yo le digo: "Tranquila, sé lo que hago." No creo que Gustavo me deje si hacemos el amor, eso es una tontería, pero se rompería algo, se echaría a perder algo, no sé qué, por eso hablo de principios.»

TABLA XX

RAZONES DE LA ABSTINENCIA SEXUAL

Razones	%
Miedo al embarazo	35
Fidelidad a la pareja	25
Miedo al sida	19
Conservar la virginidad	13
Motivos religiosos	10
Miedo a que se sepa	10

(M. Martín Serrano y O. Velarde, *Juventud en España*, Instituto de la Juventud, Madrid, 1996.)

DEJARSE LLEVAR

Paula, un torbellino

Paula tiene 17 años y habla sin parar. Se desafía, se contesta e incorpora pocas veces a los otros, salvo para pedir con la mirada su consentimiento. Si no encuentra complicidad, se enfada, se exalta aún más y continúa su discurso de forma imparable hasta que termina la sesión. Cuando calcula que le va a faltar tiempo, coge aire y habla a borbotones. Su manera de expresarse es muy similar a su actuación en la vida: corre por ella sin pensar, guiada por una intuición que en momentos eufóricos le parece casi genial.

Tiene dificultades en sus relaciones sociales dada su competitividad y su afán de ser reconocida como alguien diferente, buena, exitosa, graciosa y estimulante. Su primer novio, con el que creía formar una pareja ideal, la dejó a instancias de sus padres, quienes pretendían que estudiara Arquitectura —como su padre— y encontraban a Paula demasiado absorbente. Pero 2 años después recuperó a Marcos, que así se llamaba.

Partidaria del «amor verdadero», como ella afirma, y de la castidad, ya que el sexo le parece una guarrada, en una de sus típicas contradicciones consigue mantener relaciones sexuales en el coche de Marcos el mismo día de la reconciliación. Enseguida se convierte en ardiente defensora del sexo en la pareja, y su argumentación sube de tono cada vez que cree ver en mi expresión alguna duda sobre su cambio de parecer. Vuelve a exigirle al muchacho que esté con ella a diario, lo que él acepta para desesperación de sus padres.

Unos meses después, al empezar la sesión me dice: «Soy estéril, recomiéndame una clínica para tratar la esterilidad.» Yo le había sugerido que consultara a un ginecólogo para tomar medidas anticonceptivas, ya que insistía en mantener una frecuente actividad sexual, y esta petición suya me sorprendió: «Siempre he pensado que soy estéril y que nunca podré tener hijos. Ahora con mi chico lo estamos intentando, mejor dicho, yo lo estoy intentando, ya que Marcos no se entera mucho, no creo que vaya a ser un buen arquitecto como quieren sus papitos, además no estudia. He tenido relaciones en la mitad del ciclo, en los días peligrosos, como una vez le escuché a mi madre explicárselo a la tonta de Mabel, mi hermana, que tiene novio aunque sólo se cogen de la manita. De mí no sospecha nada, como dice que soy tan rara y asusto a los hombres con mi franqueza, no cree que haga cosas raras, si bien sabe que salgo con Marcos, al que por supuesto no puede ver. Lo intentamos pero no me quedo embarazada, estoy segura de que soy estéril. Tiene que recomendarme a alguien.»

Paula me pone en una situación difícil, ya que su conducta es muy peligrosa y, como en otras ocasiones, está empecinada en llevarla adelante. Le sugiero una vez más que acuda a una consulta especializada y le recomiendo que hable con Marcos y también con su madre. Incluso le doy la dirección y el teléfono de una ginecóloga con experiencia en adolescentes, a quien le he solicitado ayuda para este caso. Oír hablar de su madre y de la posibilidad de compartir el asunto le ofusca y se vuelve contra mí asegurando que no soy de fiar, que estoy compinchado con ella. Paula no acude a consulta durante tres semanas y la ginecóloga me informa de que no la ha visto.

Cuando aparece nuevamente viene exaltada, quejándose otra vez de su esterilidad y ahora también de la impotencia de Marcos. Quiere que le recomiende un especialista en problemas sexuales. Insisto en que me gustaría hablar con sus padres, a lo que ella se niega rotundamente entre amenazas. La situación es tensa y se despide dando un portazo. Los padres vienen a consulta ignorando la situación, que les resulta increíble. Les pido que hablen con Paula y que la ayuden a enfrentar la cuestión. Fracasan en su intento, tienen sucesivas peleas, se defienden mal de los demoledores ataques de su hija y finalmente dejan de hablarse. Asustados, no pueden ayudarla.

Tras mucho insistir, le exijo que acuda a la ginecóloga o en su defecto dejaré de atenderla. Acepta y, para mi sorpresa, le pide a su madre que la acompañe. Con la ayuda de ambas —madre y médica—, Paula pudo salir de la espiral en la que estaba y seguir una evolución más normal.

VACÍO INTERNO Y NECESIDAD DE VALORACIÓN EXTERNA

A veces la adolescente no puede construir una imagen positiva de sí misma. Se encuentra hueca en su interior, sin recursos, como en estado de carencia. No hay nada en él que la reconforte o refuerce, y se siente insegura. Entonces piensa, inconscientemente, que su estima depende por completo de la mirada exterior.

«Nadia, no soy nadie»

Nadia, 17 años, es la que hace este juego de palabras. «Yo creo que mi madre me puso así a mala idea.» Su madre protesta y explica que le gustó ese nombre por su sonoridad. Pasan por un momento muy malo en su relación. Nadia culpa a su madre de todo, afirma que sólo quiere su desgracia y, al mismo tiempo, no puede estar sin ella. Logro desenredarlas no sin dificultad, ya que están acostumbradas a discutir sin parar. Como Nadia quiere contarme una cosa, le pido a su madre que salga.

«Estoy saliendo con un chico, se va a alegrar», me dice. «Me imagino que la alegre es usted —le replico—, aunque viéndola con su madre da la impresión de que ninguna de las dos está muy contenta.» «Eso no tiene arreglo», contesta, y sigue: «Le conocí hace mucho tiempo. Le conozco desde que éramos niños. Su hermana me lo presentó hace un par de meses. Era intrigante, quiero decir que tenía algo más; era tímido como yo, no destacaba, tenía que ir descubriéndolo. Soy muy lenta, usted lo sabe, y debo tenerlo todo claro. Él hace lo mismo conmigo. Nos estamos conociendo poco a poco. Él sabe hacerlo. No es algo físico, para nada. Eso lo veo muy lejano.»

8. El cuerpo

Anabel, 13 años: «Mi cuerpo ha cambiado. Desde que nací he tenido el mismo cuerpo, con los mismos órganos, y a medida que he ido creciendo, tomaba más forma de cuerpo.» Parecen existir diferencias importantes entre chicas y chicos en cuanto a la forma de percibir el cuerpo. La dimensión corporal de la identidad es distinta y los cambios que se van produciendo desde el cuerpo de niña al de mujer constituyen etapas decisivas para la percepción y aceptación de sí mismas.

El cuerpo de niña empieza a cambiar aceleradamente cuando se enciende el «botón» puberal, hacia los 9 o 10 años. Casi sin aviso, se inicia un fuerte crecimiento físico que comienza por las extremidades y finaliza en el tronco.

Pero no sólo la percepción del cuerpo es distinta en ambos sexos, sino el mismo proceso de cambio físico, que se prolongará durante años.

LA PUBERTAD

La pubertad es la primera etapa del proceso adolescente. Su funcionamiento está condicionado en gran parte por el patrimonio hereditario de nuestra especie, en otras palabras, está determinado genéticamente.

¿Cuándo empieza la pubertad? El sistema neuroendocrino básico para el desarrollo de la misma inicia su funcionamiento durante la vida fetal; antes de nacer, ya está preparado. En el ser humano, el sistema nervioso central (SNC) se desarrolla lentamente, lo que impide que la pubertad tenga lugar durante los primeros diez años de vida. Y sin la actuación del SNC es imposible que se inicie la pubertad.

Desde los 2 años y hasta casi los 10, la niña tiene sus gonadotropinas (factores facilitadores del desarrollo de las gónadas o glándulas sexuales) en niveles muy bajos; lo mismo ocurre con las hormonas sexuales producidas por las gónadas. Los niveles bajos de gonadotropinas y de hormonas sexuales se denominan *prepuberales*.

A partir de los 10 años, se asocian tres cambios en la unidad hipotálamo-hipofisiaria situada en el SNC:

1. Se inicia el aumento nocturno de la secreción de la hormona luteo-estimulante (LH).
2. El hipotálamo y la hipófisis se hacen más sensibles a las hormonas sexuales (estradiol y testosterona). Al hacerse más sensibles, aumenta la producción de gonadotropinas (hormona luteoestimulante LH y hormona foliculoestimulante FSH). Ambas estimulan especialmente los ovarios. Este aumento de sensibilidad es el resultado de la maduración del SNC.
3. Se desarrolla en las chicas un sistema de retroalimentación positivo. Al subir los estrógenos y la progesterona producida por los ovarios, aumenta también la producción de las gonadotropinas hipotálamo-hipofisiarias, que a su vez estimularán los ovarios.

El estirón o crecimiento acelerado

Crecimiento en altura

- La velocidad de crecimiento aumenta y alcanza su máximo durante el periodo de crecimiento rápido.
- El crecimiento puberal representa el 20-25 por ciento de la talla definitiva del adulto.
- La duración media del estirón es de 24 a 36 meses.
- Esta fase de crecimiento rápido varía de uno a otro adolescente. El crecimiento durante el año que se alcanza la velocidad máxima puede variar en la niña entre 5,8 y 13,1 cm.
- El estirón se produce en la chica entre 18 y 24 meses antes que en el varón.
- El promedio de crecimiento en la chica durante esta etapa es de 2 cm menos al año que en el varón.

Crecimiento ponderal-peso

- La velocidad del aumento de peso se acelera y alcanza su máximo durante el crecimiento puberal.
- El aumento de peso puberal viene a representar el 50 por ciento del peso ideal del adulto.
- La iniciación del aumento acelerado de peso y el máximo de velocidad en dicho aumento son muy variables; en la chica puede variar entre 4,6 y 10,6 kilos.
- El aumento de estatura coincide con el crecimiento del peso en el varón, pero en la chica es anterior en 6-12 meses.

La velocidad de crecimiento suele ser *estacional*: varía en el curso del año pero, generalmente, se acelera en primavera y verano.

El peso y la talla definitivos que se alcanzan en la edad adulta pueden ser iguales tanto para un adolescente con un inicio de crecimiento acelerado precoz que para uno con un estirón más tardío. En cuanto a la *predicción* de la talla definitiva, existen ciertas tablas que ayudan a acercarse a la misma y que toman en consideración los siguientes aspectos: edad cronológica, peso y talla actual, edad ósea, índice de maduración sexual y estatura de los padres.

Los cambios puberales en la composición del cuerpo

Tejidos blandos

En las chicas, la masa corporal de tejido blando disminuye del 80 por ciento del peso total al iniciar la pubertad hasta alrededor del 75 por ciento al completar la maduración. La masa total de tejido blando aumenta numéricamente, pero disminuye en porcentaje debido a que el tejido adiposo crece a una velocidad mayor.

Por su parte, la masa corporal de tejido blando en los varones crece del 80 al 90 por ciento en la madurez. Este aumento refleja principalmente el incremento del tejido muscular debido a los andrógenos circulantes.

Tejido adiposo

El porcentaje de tejido graso corporal aumenta en las chicas durante la pubertad y disminuye en los varones.

Remodelación de la pelvis en las chicas

Durante la pubertad, la pelvis femenina aumenta con mayor rapidez en anchura que en su diámetro antero-posterior. La parte delantera también se ensancha y se hace más redondeada.

Masa ósea

La masa ósea crece durante la pubertad a un ritmo que no se vuelve a repetir en la vida, de ahí la trascendencia de enfermedades como la anorexia nerviosa, que afecta directamente a este proceso. La estructura esquelética experimenta asimismo una maduración epifisiaria (de los extremos de los huesos) bajo la influencia del estradiol y la testosterona. La maduración ósea (edad ósea) puede determinarse comparando radiografías de la muñeca de un adolescente con las cifras de la población normal.

La edad ósea es un índice de madurez fisiológica y suministra una idea del crecimiento total alcanzado. Por ejemplo si una adolescente tiene 15 años y una edad ósea de 12, habrá un potencial de crecimiento mayor que si la edad ósea fuera de 15 años.

Órganos internos

El crecimiento del cerebro, el corazón, el hígado y los riñones durante la pubertad es menor que el de la masa muscular y los huesos.

El desarrollo de los caracteres sexuales durante la pubertad

El vello púbico, el desarrollo mamario en las chicas y el desarrollo de testículos y pene en los varones son los caracteres sexuales más evidentes y los que se utilizan en los clásicos Índices de Maduración Sexual (IMS), entre los que destaca el de J. M. Tanner. Según este autor, los IMS se dividen en 5 clases, basadas en el vello púbico y las mamas en el sexo femenino, y en el vello púbico y los genitales en el masculino. Los primeros estadios (chicas) se describen a continuación:

Chicas. Estadios mamarios

Estadio mamario 1 (M1)
— Mama prepuberal, sin tejido glandular.
— Areola y pezón-areola. La areola no sobresale.

Estadio mamario 2 (M2)
— Aparición del botón mamario; cantidad pequeña de tejido glandular.

Estadio mamario3 (M3)
— Mama mayor y más saliente que se extiende por debajo de la areola.

Estadio mamario 4 (M4)
— Mama que aumenta en tamaño y elevación.
— Areola y pezón forman un abultamiento que se proyecta sobre el contorno de la mama.

Estadio mamario 5 (M5)
— Mama adulta de tamaño variable.
— Areola y pezón-areola y mama en el mismo plano, con el pezón proyectándose encima de la areola.

Chicas. Estadios de vello púbico

Estadio 1 de vello púbico (VP1): no existe.

Estadio 2 (VP2): pequeña cantidad de pelo largo y fino, y ligera pigmentación de los labios mayores.

Estadio 3 (VP3): cantidad moderada de pelo más grueso y rizado, que además se extiende en sentido lateral.

Estadio 4 (VP4): pelo parecido al adulto en cuanto a grosor y rizado. No se extiende a la cara interna de los muslos.

Estadio 5 (VP5): pelo tipo adulto, extendiéndose en cantidad por la cara interna de los muslos.

En la mayoría de las chicas el abultamiento de las mamas es el primer signo físico de la pubertad. El desarrollo sexual femenino se inicia a una edad promedio de 11,2 años, pero puede acontecer normalmente entre los 9,0 y los 13,4 años. Durante la pubertad se desarrollan las mamas y los ovarios; el útero, la vagina, los labios y el clítoris aumentan su tamaño. El útero y los ovarios aumentan su tamaño entre 5 y 7 veces. El promedio de tiempo para completar la pubertad es de 4 años, pero puede variar entre 1,5 y 8.

La menarquia

La menarquia o inicio de la menstruación constituye uno de los cambios capitales de la pubertad femenina y por lo general se produce en un momento muy determinado (IMS3 o IMS4) del desarrollo puberal. Las relaciones entre menarquia, edad y composición del cuerpo se describen a continuación.

Menarquia, edad y crecimiento físico

Como promedio, la menarquia aparece a los 12,4 años, aunque puede variar normalmente entre los 9 y los 17 años. Generalmente tiene lugar 3,3 años después del inicio del estirón y 1,11 años después del pico de máxima velocidad. La edad de la menarquia ha descendido durante el último siglo, pero estudios recientes indican que esta tendencia puede estar llegando a su fin.

La menarquia se presenta siempre cuando se ha alcanzado el pico de máxima velocidad en el desarrollo y el crecimiento se limita después de este evento. Entre la menarquia y el logro de la estatura definitiva las niñas ganan 4,3 cm en el percentil 10, 7,4 cm en el percentil 50 y 10,6 cm en el percentil 90.

Menarquia y composición corporal

La menarquia puede depender de la composición del cuerpo. En general, la masa adiposa es de 11,5 kilos y el porcentaje de grasa corporal del 24 por ciento.

EL CUERPO Y LA PREOCUPACIÓN POR EL CUERPO EN LAS ADOLESCENTES

¿Cómo viven y resuelven las chicas esta primera fase de su adolescencia que les viene impuesta y que parece chocar con algunas ideas en boga, especialmente las que se refieren a los ideales de la corporalidad? Al igual que en las demás fases de la adolescencia, la mayoría supera sin patologías las dificultades que de ella se derivan, pero una minoría significativa la sufre y un pequeño porcentaje enferma, deteniendo o retrasando el proceso biológico.

Como ya hemos comentado, son muchas las chicas que se sienten a disgusto con su cuerpo. En los primeros años de la década de los ochenta, una encuesta realizada a adolescentes franceses reflejaba que un 70 por ciento estaba a disgusto con *parte* de su cuerpo: los muslos, la nariz, las nalgas, el pelo, la piel, los labios... Este malestar era más frecuente entre las chicas que entre los chicos. Los que contestaban positivamente a la encuesta, se mostraban preocupados, con deseos de modificar su anatomía, e insistían en que estas molestias interferían en su vida social y en su valoración personal. Sin embargo, no estaban enfermos, aunque eran susceptibles de enfermar.

En esa misma época, otra encuesta también francesa daba un porcentaje similar de adolescentes —la mayoría chicas— que referían síntomas somáticos: dolor de cabeza, molestias digestivas, desarreglos menstruales, dificultades para dormir, mareos, taquicardias...; molestias todas ellas difusas y, muchas veces, con un contenido hipocondriaco que no es raro a esta edad. Al tratarse de un trabajo *bifásico* —es decir, que tras la encuesta se examinaba a aquellos que puntuaban positivamente—, se pudo comprobar que la práctica totalidad de los jóvenes estaban sanos y que sus síntomas eran emocionales: una combinación de expresiones de angustia y depresión.

En los últimos años, y especialmente en las chicas, la preocupación por el cuerpo sigue siendo muy importante, y cada vez se centra más en muslos, nalgas y abdomen como expresión de gordura. Estas zonas del cuerpo han adquirido un claro lugar preferente, desplazando a la cara, el tórax y las manos. Este fenómeno común en las adolescentes se ha extendido a niñas de 5 a 9 años, que hasta ahora consideraban la cara como el aspecto más señalado de su anatomía.

Los adolescentes españoles han crecido en estatura, peso e índice de masa corporal en los últimos 20 años. Es el crecimiento más rápido que se ha dado en la historia de España y actualmente supera al de sus padres y abuelos. Calzan 2 o 3 números más que sus padres, y sus guantes, cazadoras y pantalones son también más grandes que los de la generación anterior. Estos cambios se atribuyen a la mejoría de las condiciones nutricionales en la infancia, que afortunadamente han disfrutado la mayoría de estos niños.

Corrección del físico y cirugía plástica

Son numerosas las chicas que pasan por quirófano en la adolescencia. Con el pretexto de corregir la nariz, los pechos, el mentón o las «pistoleras», acuden al cirujano plástico, que hoy cuenta con unas técnicas muy eficientes. Una parte de las adolescentes se beneficiará del tratamiento; una parte también significativa vivirá con más inseguridad que antes y, en ocasiones, estará dispuesta a otra intervención, ahora de otra parte de su anatomía; por último, una minoría quedará muy descontenta y acusará al profesional de haberla dañado o perjudicado. Por supuesto, algunas tendrán razón, pero otras, más delirantes, «jurarán venganza» durante años.

Es evidente que la cirugía plástica no es la solución para todas las inseguridades corporales de todas las adolescentes. Aquéllas con un trastorno obsesivo o con una anorexia o bulimia nerviosas, no sólo no se beneficiarán, sino que incluso su situación pueden empeorar si se someten a tales técnicas correctoras antes de solucionar sus dificultades mentales. En ocasiones, la presión sobre los padres resulta muy intensa, lo cual agrava el problema. Muchas de nuestras pacientes se han operado antes de comenzar su tratamiento psiquiátrico, pero son más las que lo hacen al terminar, cuando creemos que están preparadas para ello. La mayoría de los cirujanos plásticos tienen un criterio formado al respecto y algunos piden opinión a los especialistas en salud mental.

«Me quiero operar de todo»

Trini me mira fijamente como queriendo convencerme. Es una chica de piel muy delicada, un poco pálida, con unos ojos grandes y profundos, quizás un poco juntos, y un pelo negro discretamente rizado que recoge en un moño. Su nariz y su boca son pequeñas, y el marco de la cara ovalado. El conjunto es correcto y armónico, como su figura y su forma de arreglarse. «Míreme —insiste muy seria—. Estos ojos están muy juntos y la nariz y la boca son demasiado pequeños para la cara. Además, las orejas salen de muy atrás y la barbilla la odio porque me tiembla.» Efectivamente le tiembla mientras trata de explicarse, aunque también lo hacen sus manos. «He venido a operarme y el doctor M., cirujano plástico, no quiere y me ha mandado a verle a usted. Incluso me ha regañado y no me ha dejado hablar, gritando que si alguien me operaba era un sinvergüenza. Yo he venido porque no puedo más. Vi un aviso de su clínica en una revista y pensé que era la solución: operarme de todo ahora que tengo el curso perdido.» Le pedí que se explicara.

«Hace años, con 14, me di cuenta de que se reían de mí. Yo creía que me tomaban el pelo porque no sabía defenderme y era muy inocentona. Un día estaba hablando de chicos, para variar, con mis amigas, más bien mis supuestas amigas, pero no tenía mucho interés en la conversación; me preocupaba más el parcial de historia. En eso Juli hizo un comentario con desprecio: "A ésta —dijo por mí— no le interesan los chicos, debe ser lesbiana, con esa naricita..." Me puse roja, siempre me pongo muy roja, me ardía la cara y no pude decir nada. Entramos a clase y seguían riéndose, creo que hasta imitaban mi forma de hablar. No podía pensar, me tocaba la nariz y empezaba a odiarla. Al llegar a casa me fui directamente al espejo y no solamente era la nariz, sino los ojos, la boca... ¡Todo era horrible! Mis padres trataron de tranquilizarme, pero no pudieron.

Así empezó la pesadilla: no quería que me miraran, sentía terror a que se burlaran de mí, no salí más a la pizarra y me fui aislando. Conseguí que me cambiaran de colegio y pedí a mis padres que me operaran, pero lo único que conseguí fue que me llevaran al psiquiatra. Hago psicoterapia desde hace meses y me ha ido bien, debo reconocerlo, pero mi médico no me cree ni me hace caso con esto; le parece que son otras cosas las que me perturban y que están en mí, no en mi cara. A veces parece convencerme, pero vuelvo a lo mismo.

Este año no he ido a clase, no quiero que me vean. Me he apuntado a una academia de inglés y sigo con la terapia. He estado más deprimida que ahora, con ganas de morir; llevo un periodo mejor, aunque mi vida es muy limitada. Sé que tengo que operarme, que de esta forma no puedo vivir. Ayer el doctor M. me quitó la esperanza, pero le volveré a insistir. Tengo 17 años y no estoy dispuesta a seguir siempre así.» Le comento que tiene una decisión tomada pero que de momento no puede realizarla, ya que el cirujano plástico no lo cree conveniente y me temo que su psicoterapeuta tampoco. «He venido sin decírselo, no creo que se enfade, aunque me dirá como siempre que las cosas debemos pensarlas juntos antes de tomar una decisión.» «¿Y sus padres qué opinan?» «Yo creo que lo tenían todo preparado: la visita al doctor M. para que me dijera que no debía operarme y la suya, después, para que me tranquilizara.»

No sé si sus padres lo tenían todo preparado. Fue el doctor M. quien me pidió que le atendiera y le apoyara en su indicación. Trini continuó su tratamiento e ignoro su evolución.

Body building

En nuestra sociedad se ha generalizado una idea constructivista, y a veces fanática, del cuerpo: que la corporalidad en desarrollo se puede modular a voluntad mediante dietas, ejercicios, cremas, cirugías, etc. Se vende esto a sabiendas de que es mentira, pero se trata de un buen negocio.

Así, se fomenta una búsqueda infinita e imposible de una imagen ideal que nunca llega. Cuidar y estimular el desarrollo resulta necesario, algo que se logra sobre todo practicando ejercicio y equilibrando la alimentación. Aprender a cuidarse, pues, parece ser una condición indispensable para aprender a respetarse.

EL CONTROL MÉDICO DE LA EVOLUCIÓN CORPORAL

Casi todas las niñas tienen su pediatra, que normalmente las conoce desde que nacieron; sin embargo, cuando inician la pubertad y con ella el cambio corporal más importante de su vida, es frecuente que pierdan el contacto y no tengan a quién consultar las innumerables dudas que su cuerpo les plantea. Son todavía pocos los pediatras con formación en adolescentes y experiencia en el seguimiento de niñas en este periodo; tampoco hay entre los padres mucha conciencia de lo útil que es para su hija hacer controles de desarrollo y recibir una educación para la salud adecuada a su edad. Probablemente nos ahorraríamos muchos problemas si este tipo de consultas se extendiera desde los 9 a los 14 años. Algunos colegios cuentan con este tipo de servicios, muchos centros de salud tienen programas para adolescentes y existen numerosos profesionales especializados, pero aún queda mucho camino por recorrer.

La visita al ginecólogo

Los médicos especialistas en adolescentes que tienen formación en ginecología son muy pocos, de ahí que las chicas deban acudir con más frecuencia al ginecólogo. Es muy importante la elección de este profesional, porque será quien acompañe a la muchacha durante muchos años desde el inicio de su vida sexual. En ocasiones, las chicas han de buscarlo por su cuenta ante el temor de que sus padres se enteren de que están utilizando anticonceptivos y, más a menudo, por las mal llamadas «rupturas del condón», que en la mayoría de los casos corresponden a una relación sexual realizada con precipitación y sin precauciones. Por último, hay chicas que van al ginecólogo como consecuencia de una alteración menstrual o algún otro problema. También éste puede ser un punto de partida correcto.

No siempre las jóvenes aceptan ir al ginecólogo de su madre, más que nada por «corte» y temor a la supuesta falta de privacidad. En estos casos resulta conveniente preguntar a un médico de confianza para que recomiende a un/una profesional que esté acostumbrado a trabajar con adolescentes.

La mayoría de los estudios demuestran que da igual el sexo del ginecólogo, aunque son más las chicas que prefieren en primera instancia a una mujer.

«Se nos rompió el condón»

Mariola acude a mi consulta para una revisión de su cuadro anoréxico, ya en remisión. «He pasado un susto tremendo. Salgo con un chico, Emilio, como tú sabes. Nos va bastante bien, aunque últimamente hemos tenido problemas... No, entre nosotros no, con el maldito condón, que se nos ha roto dos veces. La primera vez, hace un par de semanas, estaba aterrada, segura de que me había quedado embarazada. Mis padres estaban fuera y no sabía qué hacer. Se me ocurrió llamar a Marisa, tú la conoces también, es paciente tuya, porque su padre es médico. Ahí estábamos Emilio y yo, con el padre de Marisa, un domingo a las 11 de la noche. Me dio una receta para unas pastillas, supongo que hormonas para bajar la regla. He estado varios días con hemorragia, tratando de que no se enterara mi madre, que como sabes se mete en todo. Lo peor es que el sábado se nos rompió de nuevo; entonces tomé lo mismo y ahora no sé qué va a pasar. Quiero que me recomiendes a alguien. No quiero usar la píldora, ya que es seguro que mi madre se entera, lo revisa todo.»

Una semana después Mariola me visita y me cuenta que ha estado, acompañada de Emilio, en el ginecólogo, que por casualidad trabaja en el mismo centro médico que yo. «Es una señora muy amable y está en la lista de la sociedad médica que tenemos. Mi madre se enteró y me ayudó a elegir, y también me recomendó que fuera con Emilio, ya que ella no quería saber nada. Me pidió que por favor no lo comentara con mi padre, que se moriría. Es verdad, reaccionó mejor de lo que esperaba, se puso irónica como siempre y me dijo que no quería nietos todavía, que le hacían sentirse muy vieja. Me dio un abrazo de los suyos, apretado y mirando para otro lado, encendió un cigarrillo y no dijo nada más.»

Al parecer, los consejos de la doctora han funcionado. Mariola no se ha quejado de nuevos sustos y su relación con Emilio sigue adelante y bien.

«No quiero ser diabética»

Elsa es una niña de 15 años, más bien regordeta, de apariencia segura y con un vocabulario muy rico. Hija única, viene a consulta acompañada de sus padres, unos intelectuales conscientes de su valía y la de su hija. Suponen que algo no anda bien en

Elsa: ha subido de peso y la han sorprendido en el colegio vomitando. Una amiga suya llamó a casa para hablar con su madre y otra para contar las «tonterías» que Elsa hacía. La chica interviene para dudar de la amistad de estas jóvenes y recordar que su relación con ellas es ahora muy mala. Pero la madre insiste en que también en casa la han visto irascible y contestona: «Elsa es diabética insulinodependiente. Comenzó con una pérdida de conocimiento y le hicieron el diagnóstico esa misma noche. La trata el doctor G., endocrino del mismo hospital. Le ha cogido un gran cariño y está preocupado por la subida de peso, que se atribuyó a la insulina, por la inestabilidad de su diabetes y por el temor de que tenga un trastorno de la alimentación. Elsa ha sido una niña responsable y cariñosa, exigida y exigente como nosotros, que somos unos padres muy pesados.»

La madre de Elsa aporta los datos con calidez y precisión, y su padre explica las dudas que tuvieron los médicos en las primeras etapas de la enfermedad y cómo ellos consultaron a sus amigos médicos de diferentes países. Me habla de una variedad de diabetes extraña de la que sospecharon y que finalmente se descartó. El diagnóstico definitivo fue hace un año, pero a ellos les cuesta aún hacerse a la idea. El padre de la joven no puede ocultar su desilusión, aunque dice estar orgulloso de lo bien que lo ha tomado la niña, de su admirable entereza; termina recordando que Elsa siempre ha sido admirable. La niña interrumpe: «Yo no quiero ser diabética. Cuando mis padres hablan de lo admirable que soy, da la impresión de que estoy muy interesada en mi diabetes y, como puede ver, aparte de tener que ir mil veces al médico y esperar horas en ese hospital que odio, me he quedado hecha una foca con la insulina, que para más cachondeo tengo que pincharme todos los días. Incluso así, la glucemia sube y baja sin ningún control. No es nada agradable, lo juro.» Su madre la apoya: «Reconocemos tu esfuerzo y nos damos cuenta de lo mucho que debes sufrir, por eso estamos aquí, tu padre y yo.» Y el padre añade: «Desde pequeña has ido superando los cambios de ciudad, de casa, de amigos... y siempre has estado a la altura.»

Elsa se dirige a mí con un gesto de complicidad. «Mis padres se preocupan de la enfermedad más que yo. A mí me preocupan mis amigas, porque la verdad es que no las tengo. Y también el colegio, ya que no sé qué opción elegir.» Le ruego que me explique lo que dice. «Es muy sencillo, tengo que elegir entre el bachillerato inglés y el español. La tutora de inglés quiere que vaya con ella y la de español lo mismo.» «Es cierto —dice su madre—, es una alumna muy buena y de alguna forma se la disputan, lo que seguramente no es conveniente para ella. Yo creo que debe hacer el bachillerato inglés.» El padre interviene: «Lo más probable es que haga sus estudios superiores en Inglaterra.» «¿No es usted muy pequeña para tantos planes?», le pregunto. Se ríe y me cuenta que va un curso adelantada.

A solas es agradable y divertida, capaz de reírse de ella misma y de su familia. Quita importancia a su trastorno de alimentación, considerándolo una travesura, «unos vómitos junto con otras niñas que, por no atreverse a hacerlo, me denuncian». No le gusta estar gorda, pero sigue engordando a pesar de los esfuerzos de su madre. La diabetes está controlada en su cabeza e insinúa que el problema lo tienen sus padres, a los que considera neuróticos. Insiste en que lo que más le atormenta son sus relaciones sociales. Se ve distinta, como superior a los demás y al mismo tiempo incomprendida y poco aceptada. Al rato vuelve a gastar bromas: «Me llama la atención lo alegre que está», le digo. «De alegre nada, sólo que me tomo la vida con filosofía. Mis padres son una plasta y siento que voy del uno al otro y así siempre.» «Es una filosofía un poco triste y seria, como si usted fuera una persona mayor en lugar de una niña. No me gustaría estar en su pellejo», le comento. «Soy una niña, una niña de mi edad», dice Elsa sonriendo y haciendo morisquetas infantiles.

En sucesivas entrevistas avanzo en mi relación con la joven y más difícilmente con los padres, que no dejan de pedirme un profundo estudio psicológico de su hija, así como la recomendación de la terapia a seguir. Me sentía presionado por ellos y pensaba cómo se sentiría Elsa. En una ocasión, el padre se disculpó: «Bastante tiene la pobre con su diabetes, su subida de peso, sus psiquiatras y unos padres tan pesados como nosotros.» Finalmente Elsa inició una psicoterapia; la primera terapeuta no le gustó ni a los padres ni a la niña, y terminaron mal; la segunda la eligió ella misma de una terna que le prepararon sus padres. Acertó, trabajó mucho y logró no sólo estabilizar la diabetes, sino que hizo amigos y encontró un novio portugués.

Su peso, sin embargo, sigue siendo excesivo: «Es mi diabetes, mamá, no la tuya ni la de mi padre —se enfrenta a su madre con voz muy seria en mi presencia—. Por fin el doctor G. está contento y me lo dice, hasta me gusta ir a verle.»

9. Cómo librarse de la anorexia

La primera condición para librarse de la anorexia es saber que existe y que constituye un claro riesgo en la adolescencia femenina. La segunda, tener una postura ideológica *antianoréxica*, lo cual implica un rechazo activo de todo aquello que se quiere imponer a las mujeres de hoy y una postura crítica hacia la comunicación de estos temas. La tercera, contar con una familia que se ocupe de la joven o al menos un adulto que vigile sus comidas y su desarrollo físico, así como su forma de vida. Y, la cuarta, que la adolescente se sienta apoyada por unos amigos capaces de cuidarla.

La mayoría de las chicas se libra de esta enfermedad. Incluso de aquellas que en algún momento han coqueteado con la anorexia, sólo una pequeña pero significativa parte enferma. Descifrar las claves que pueden proteger a una sociedad de un mal contagioso y desarrollar la vacuna antianoréxica parece ser la tarea fundamental de los próximos años; precisar los factores de vulnerabilidad personal y grupal es lo que ya se está haciendo, lo que permite avisar o controlar a aquellas chicas que están más predispuestas a enfermar.

En primer lugar, hijas y hermanas de anoréxicas, pero también primas. Parece ser que la predisposición genética existe y que hay que tenerla en cuenta. No puede, pues, seguir dieta una persona que ha estado enferma o que es familiar de una enferma, y si lo hace deberá tomar precauciones. La predisposición genética llega también a familiares con trastornos obsesivos, episodios depresivos y abuso de alcohol, que tampoco deberían ponerse a dieta de forma irresponsable. Por último, son también vulnerables las adolescentes que unen baja autoestima y afán perfeccionista, así como las muy sugestionables o con tendencias autodestructivas.

En resumen, la dieta como conducta de riesgo es mayor en unas chicas que en otras. Una minoría significativa no puede hacerla sin la ayuda de un familiar y el apoyo médico necesario. Es importante saber que la pérdida de peso no es el mejor remedio para la baja autoestima y que existen otros procedimientos para ello.

TABLA XXI

PREVALENCIA DE TRASTORNOS DE LA CONDUCTA ALIMENTARIA (TCA) EN ADOLESCENTES DE MADRID, POR GÉNERO

	1985-1986		*1993-1994*	
	Varones %	*Mujeres* %	*Varones* %	*Mujeres* %
Anorexia nerviosa	0	0,31	0	0,69
Bulimia nerviosa	0	0,9	0,36	1,24
Cuadros incompletos	—	—	0,54	2,76
Anorexia incompleta	—	—	0,36	1,10
Bulimia incompleta	—	—	0,18	1,66
Suma de trastornos	0	1,55	0,90	4,69
Población de riesgo	1,20	11,6	1,96	17,36

(G. Morandé, J. Celada y J. Casas, «Trastornos de la conducta alimentaria en adolescentes. ¿Una epidemia?», *Anales Españoles de Pediatría*, Madrid, 1998.)

ANOREXIA Y BULIMIA NERVIOSAS. TRASTORNOS DE LA CONDUCTA ALIMENTARIA

La anorexia nerviosa

La *anorexia nerviosa* es hoy una enfermedad de moda; más exactamente, se transmite como las modas, llegando a todos los sectores sociales de nuestra población a través de los medios de comunicación. En realidad, lo que se transmite es una ideología —cómo debe ser la mujer hoy, física y emocionalmente— y lo que se venden son conductas de riesgo: todas aquellas que posibilitan adelgazar.

En una encuesta reciente a población general, el 26 por ciento de los entrevistados afirmaba conocer a una enferma de anorexia dentro de su círculo de conocidos. Si la pregunta se formula a quinceañeras, un 60 por ciento de ellas dice conocer a una enferma; si se interroga a alumnas de primer año de Psicología, el porcentaje sube a un 90 por ciento. La anorexia ha pasado en 20 años de ser una enfermedad desconocida a afectar a una parte importante de la población adolescente femenina. Por extensión, se usa el término «anorexia» para hacer referencia a diferentes entidades clínicas relacionadas con la anorexia nerviosa, que es la menos frecuente, superada largamente por la *bulimia nerviosa* y por los cuadros parciales o atípicos.

La anorexia nerviosa tiene una larga historia. En el pasado afectó a personajes relevantes, como las santas anoréxicas, que ayunaron y perdieron peso hasta morir por motivos religiosos. Es a finales del siglo pasado cuando la enfermedad es bautizada con el nombre que hoy tiene y se da cuenta de las primeras series de casos: chicas, en su mayoría adolescentes, que ayunaban hasta límites de riesgo vital, negando estar enfermas y con cierta tendencia a la recuperación después de algunos años.

La relación entre mujeres y hombres era de 9 a 1. Por esas fechas no se describía la distorsión de la imagen corporal y no se daba como motivo del deseo de adelgazar la búsqueda de un modelo corporal de extrema delgadez. Además, la enfermedad afectaba a un pequeño círculo social.

Es durante el siglo XX, y especialmente en su segunda parte, cuando miles y miles de jóvenes siguen dietas para adelgazar y con ello aumenta el número de anorexias. La mayoría de los investigadores señalan factores sociales como explicación del fenómeno. La conducta de riesgo por excelencia es hacer dieta para perder peso, como lo es fumar para el cáncer de pulmón. Si a la dieta se añade el ejercicio físico exagerado, ya son dos las conductas de riesgo; y si se agregan vómitos y abuso de laxantes para producir diarreas, el riesgo aumenta aún más. Pero no todas las adolescentes padecen una anorexia nerviosa aunque desarrollen conductas de riesgo; para ello es necesaria una predisposición personal que parece estar extendida en la población femenina, especialmente durante la adolescencia, y que une factores biológicos y de personalidad.

La anorexia nerviosa tiene hoy casi las mismas características que hace un siglo: quienes la padecen buscan bajar de peso voluntariamente mediante el ayuno, el ejercicio o las maniobras purgativas, hasta que, casi siempre sin darse cuenta, pierden el control. La regla desaparece, el cuerpo se enfría, el pulso se hace lento, la digestión se lentifica, el estreñimiento se vuelve crónico, el sueño se altera, la piel se seca y se descama al desaparecer la grasa subcutánea y, en muchas ocasiones, un abundante lanugo —pelo muy suave, como el de los bebés— invade brazos, abdomen, espalda e incluso la cara. La pérdida de peso puede ser muy importante, alcanzando aproximadamente el kilo semanal en aquellos casos que terminan hospitalizados. Los momentos de las comidas, escasas y difíciles, limitadas a pocos alimentos —un yogur, alguna fruta...— se llenan de manías que superan todos los límites imaginables: las chicas esconden alimentos en los bolsillos, los tiran por la ventana, lavan los pescados ya preparados, seleccionan grano a grano el arroz o los guisantes uno a uno, comen de pie y salen corriendo al cuarto de baño para comprobar en el espejo o en la báscula si han engordado en los últimos minutos... En ocasiones las adolescentes llegan al límite de la imposibilidad total de alimentarse, permaneciendo horas y días en inanición hasta que son llevadas a los servicios de urgencias. También se altera el ánimo, desaparecen las ganas de salir y de hablar con las amigas —a las que con frecuencia culpan de no entenderlas, incluso de abandonarlas— y la irritabilidad y la falta de humor se convierten en normas.

En cuanto a la relación con los familiares, ésta cambia totalmente: los hermanos son ignorados o sojuzgados, a veces obligados a comer por la enferma para que ellos suban de peso mientras ella adelgaza, y con los padres se entra en abierta colisión, siendo infinitas las discusiones. Con la madre, y en menor grado con el padre, inician una relación de amor-odio, de parasitismo, que a veces se extenderá durante años. El estudio y el ejercicio físico se vuelven obsesivos. Las jóvenes estudian muchas horas, sacrificando sueño y distracciones, para evitar bajar las notas o conseguir sobresalientes. Los exámenes equivalen al «juicio final» y son vividos con una ansiedad anticipatoria intensa y desequilibrante. Y respecto al ejercicio, lo intensifican de forma notable: no sólo suben escaleras y se bajan varias paradas antes del metro o el autobús para caminar más, sino que sus flexiones y abdominales pueden llegar a superar el centenar diario.

La joven anoréxica vive para su enfermedad y niega estar enferma. Se la ve desmejorar físicamente día a día, ya que la desnutrición es evidente. Las amenazas de matarse surgen en medio de discusiones y caminan hacia la muerte sintiéndose inmortales. Las cosas están a la vista para las madres, progresivamente para los padres y los hermanos, aunque todos quisieran mirar para otro lado. Las amigas, especialmente sensibilizadas, le insisten para que pida ayuda. El cuadro clínico avanza imparable y la chica se crece omnipotente ante la impotencia de sus padres.

Las *anorexias típicas o restrictivas* son aquellas que ayunan y hacen ejercicio, las más tercas y obsesivas. Las anoréxicas purgativas, aquellas que fracasan o no intentan el ayuno prolongado y recurren a vómitos y uso de laxantes, suelen ser más impulsivas. Estas conductas pueden terminar siendo compulsivas, es decir, imparables para la enferma. No obstante, son muchas las que logran detenerlo por sí solas, especialmente en las primeras etapas, y también muchas las madres que consiguen frenarlo a tiempo. Resulta, pues, fundamental precisar cuáles son los métodos para recuperar el control y salir de la situación de riesgo, tanto de la adolescente en cuestión, como de su madre y sus amigos.

La bulimia nerviosa

Es ésta otra enfermedad característica de la adolescente y la joven adulta, pero aparece más tarde que la anorexia: hacia los 17 o 18 años, frente a los 13-15 años. Al igual que esta última, se remonta cientos de años, aunque sólo en 1987 fue descrita con el nombre y las características con que hoy la conocemos (G. Russell). Hermana bastarda de la anorexia nerviosa, la bulimia se caracteriza por la presencia de sucesivos atracones de comida, por definición más de dos a la semana, seguidos de conductas compensatorias para no subir de peso; conductas que pueden ser purgativas, como en la *anorexia purgativa*: vómitos, diarreas, ayunos, ejercicio exagerado, etc. Las adolescentes participan del terror a engordar y verse deformes por su gordura, aunque no lo estén, y caen una y otra vez en la renuncia a comer de forma brutal.

Un atracón se caracteriza por la ingestión descontrolada de una gran cantidad de alimentos que la paciente suele prohibirse a sí misma: galletas, bollos, patatas fritas... La ingestión se hace de forma acelerada, engullendo casi sin masticar, normalmente a escondidas y en cantidades desproporcionadas: *cajas* de galletas, *kilos* de helados, etc. Al finalizar el atracón se buscan con desesperación maniobras compensatorias que para algunas personas pueden ser muy difíciles. La sensación de culpa y vergüenza es constante y duradera, exacerbándose aún más al volver pocas horas después el ansia por comer. Los atracones y vómitos se suceden hasta hacerse continuos, como en las crisis alcohólicas, y la joven permanece muchos días sin poder desarrollar otra actividad.

Existen *bulimias moderadas* y *bulimias severas*. Las primeras, que son las más frecuentes, establecen un hábito de atracones y vómitos —preferentemente nocturnos o en fines de semana— compatible con una calidad de vida precaria. Por tanto, pueden estudiar o trabajar, y esta ocupación, según afirman las jóvenes, les permite no comer y evitarse darse sus atracones. La sensación de incompetencia, la vergüenza y el disimulo merman la moral de estas chicas y su autoestima tiende a ser muy pobre.

Es frecuente la asociación de trastornos de angustia, trastornos disociativos o alteraciones parciales de la conciencia de sí mismo y episodios depresivos. Los trastornos de angustia se expresan como ansiedad generalizada y crisis de angustia con agorafobia, y por este último cuadro consultan en urgencias, creyendo morirse o volverse locas. Los episodios depresivos pueden ser muy intensos y prolongados, en muchos casos con fuerte ideación suicida. También aquí las relaciones familiares se deterioran, puesto que la mentira, la ocultación, los robos, las contestaciones y las fugas hacen muy difícil mantener la confianza mutua. Y la imposibilidad de pararse a pensar y buscar soluciones vuelve el diálogo muy complicado.

En la bulimia, a diferencia de la anorexia, todo está oculto, y la muchacha puede seguir así durante años, salvo que se produzca una descompensación total. Su aspecto es normal, se arregla, sale —incluso en exceso—, tiene amigos, novios, planes... Lo único evidente es que se queja de estar gorda y parece comer muy poco.

Las bulimias más frecuentes son las *purgativas,* mientras que las *no purgativas* son menores aunque de mayor peso. La mayoría de las bulimias son moderadas, es decir, las pacientes responden bien al tratamiento médico y psicológico si consiguen una buena motivación para salir de la situación en la que se encuentran. Por su parte, las bulimias severas son aquellas que presentan complicaciones psiquiátricas con trastornos de angustia y depresión. También se incluyen en este grupo las que entran en crisis reiteradas de atracones y vómitos, y las que se asocian con abuso de alcohol, cocaína, etc. Finalmente, otro grupo de bulimias, las *multiimpulsivas,* se consideran hoy extremadamente severas por las enormes dificultades terapéuticas que conllevan. Éstas suman al menos tres de los siguientes síntomas, presentes en forma repetida: intoxicaciones etílicas, autoagresiones, robos, actos suicidas o promiscuidad sexual. El descontrol de impulsos en estas chicas es muy importante y las situaciones de riesgo a las que se exponen son demasiado frecuentes. La afectación de la personalidad es global y en la mayoría de los casos las jóvenes reúnen las características para ser diagnosticadas de un trastorno límite o inestable de la personalidad.

Los cuadros severos, y con más razón los muy severos, exigen atención especializada y en muchas ocasiones una hospitalización como paso previo a un tratamiento ambulatorio laborioso y prolongado. Aun así, el pronóstico es reservado y las posibilidades de una completa reinserción social se postergan a veces durante años.

Evolución de la anorexia y la bulimia

Hasta un 50 por ciento de las chicas que tienen una anorexia nerviosa completa hacen episodios bulímicos. Una parte de ellas pasa de una anorexia a una bulimia y una minoría fluctúa entre ambas, más exactamente, presenta crisis anoréxicas, episodios bulímicos y periodos de recuperación. Se denominan *cuadros mixtos* o *anorexias purgobulímicas* las que cursan con estas dos formas de presentación de la enfermedad. No hay certeza sobre la duración de la anorexia y la bulimia. Por definición, una chica con anorexia no se considera recuperada del todo hasta 4 o 5 años después del inicio del tratamiento, ya que antes no se han normalizado los marcadores nutricionales y endocrinos. Hasta un 60 por ciento de las anoréxicas va bien al año de tratamiento si éste ha sido realizado en correctas condiciones, y hasta un 65 por ciento se considera recuperado a los 5 años si el tratamiento se ha iniciado precozmente y se ha desarrollado de forma adecuada.

Del 40 por ciento de chicas que no se recuperan, un 15 por ciento padece un cuadro crónico y el 25 por ciento mejora sólo parcialmente. Las cifras de mortalidad aceptadas tras 10 años de seguimiento son de un 5 por ciento, lo que muestra un avance importante respecto a los datos de hace una década. Sin embargo, aún son muy serios y dignos de reflexión. Una mortalidad del 5 por ciento y una cronicidad del 15 por ciento son cifras muy altas, especialmente si pensamos en la edad de comienzo de estos cuadros, entre los 14 y los 15 años. Es probable que las pacientes que hoy empiezan un tratamiento dentro de 10 años tengan un futuro mejor, ya que los resultados a corto plazo son en la actualidad esperanzadores.

Las bulimias más frecuentes, es decir, las moderadas, parecen tener un mejor pronóstico. La cifra de recuperación con tratamientos adecuados supera ya el 70 por ciento. Falta todavía conocer el seguimiento a 20 años, como ocurre en la anorexia, para así delimitar de forma más adecuada los cuadros severos y muy severos.

SÍNDROMES PARCIALES O ATÍPICOS

Son aquellos que no reúnen todos los requisitos de una anorexia o bulimia *completa.* Así, una *anorexia parcial* o *atípica* será aquella en la que la joven ha perdido mucho peso, pero esta pérdida no alcanza el 15 por ciento o no supera el 17,5 por ciento del IMC. También se considera parcial si se mantiene la regla o la adolescente no se ve gorda. Una *bulimia parcial,* por su parte, es la de aquella que se atraca o vomita una vez a la semana. Los cuadros parciales, también llamados *incompletos,* son los más numerosos en atención primaria y entre las adolescentes. Sus formas de evolución son variadas: hasta un 40 por ciento de las anorexias parciales se hacen totales si a las pacientes se les deja sin tratamiento durante un año; otro porcentaje similar continúa como síndrome parcial al cabo de

12 meses y casi un tercio se vuelven normales. Es frecuente que un cuadro parcial de curso acelerado derive en un síndrome completo en menos de un mes; en estos casos preferimos hablar de «anorexia nerviosa en fase de desarrollo o en curso».

Hoy existe bastante coincidencia en cuanto al seguimiento de los cuadros parciales, y se discute, sin llegar a muchos acuerdos, la conveniencia y el tipo de tratamientos a utilizar. En mi opinión, el seguimiento médico debe incluir la evolución del peso y la talla de las adolescentes, sin olvidar que están creciendo, y el tratamiento ha de ser psicoterapéutico. Si el cuadro se hace completo, es preciso comenzar un tratamiento específico que incluya control médico y prescripción de un plan de vida semanal, trabajo con los padres y psicoterapia orientada a los trastornos de la conducta alimentaria. Las bulimias incompletas o parciales suelen responder bien a tratamientos psicológicos, psicoeducativos, de 4 a 6 meses de duración.

En cualquier caso, resulta necesario conseguir una motivación para enfrentar la enfermedad. En muchas ocasiones, la motivación la tienen los padres y la paciente se ve *obligada* a consultar. Es importante distribuir mejor la preocupación y la motivación; quizás por ello las terapias familiares son las que han dado mejor resultado en adolescentes con este tipo de cuadros. Ello no significa que la familia esté enferma, sino que resulta fundamental contar con ella y discutir su forma de organizarse cuando tienen una hija con esta sintomatología.

LOS VARONES EN LA ANOREXIA Y LA BULIMIA

Como hace un siglo, los varones con anorexia o bulimia siguen constituyendo una clara minoría. En la anorexia nerviosa, la proporción continúa de 1 a 10, tanto que se considera un factor de protección el ser varón. Sin embargo, la población de varones homosexuales tiene una probabilidad mayor de enfermar, aunque está muy lejos de la población femenina. Por debajo de los 12 años —anorexias nerviosas prepuberales—, la proporción es de 4 a 6, siempre a favor de las chicas. En la bulimia, se acepta el hecho reciente de que existen más varones con dicha enfermedad, aunque la mayoría de los estudios afirman que la proporción es de 2-3 a 10.

Las preferencias estéticas de los varones son consideradas como uno de los factores precipitantes en el desarrollo de la anorexia y la bulimia en las adolescentes; sus comentarios inoportunos, groseros o despectivos acerca del físico de las chicas, o la ruptura de una relación amorosa bajo el pretexto de que ella estaba gorda, terminan haciendo mella en las más vulnerables. Últimamente se ha comprobado que la presencia cercana de amigos varones es un factor de protección, ya que ayuda a modular el acercamiento entre ambos sexos.

Agresiones sexuales

Durante algunos años se ha insistido en la importancia de las agresiones sexuales como antecedente en los trastornos de la conducta alimentaria, la mayoría de ellas llevadas a cabo por varones mayores, con frecuencia de la misma familia. Esta hipótesis parece ser válida en lo que a las bulimias nerviosas se refiere, no así en los casos de anorexia, en los que el riesgo es similar al de la población general.

Las chicas que han sufrido este tipo de experiencias están más proclives a desarrollar no sólo trastornos alimentarios, sino también trastornos de angustia, de estrés postraumático, somatoformes (síntomas físicos de origen nervioso) y disociativos. Es una de las experiencias más dolorosas y con efectos más prolongados que puede vivir una niña.

ACTIVIDADES DE RIESGO

Las chicas que practican intensamente ballet, gimnasia, atletismo de fondo u otras actividades similares para cumplir con el mandato social de tener un cuerpo de niñas cuando ya han crecido se enferman con más facilidad. La complicidad social de algunos entrenadores, profesoras de danza e incluso padres asusta: todos parecen estar más interesados en los éxitos supuestos de la joven que en su salud. Este hecho ha sido denunciado en repetidas ocasiones y parece existir una tendencia hacia una actitud más saludable.

En estas chicas se suma la actividad de riesgo a numerosas conductas de riesgo, a veces compartidas con sus amigas. Sin embargo, si no hay una vulnerabilidad personal, no hay enfermedad completa, sino síndromes parciales que desaparecen cuando dejan de practicar tan intensamente su deporte.

10. Tolerar la ansiedad

Ansiedad y angustia pueden entenderse como sinónimos cuando hacen referencia a una sensación displacentera de desasosiego. Habitualmente se consideran señales de alarma ante el peligro, en tanto que respuestas fisiológicas con componentes mentales y somáticos. Como alarma son muy efectivas, ya que preparan el organismo para una situación de riesgo, pero como estado dejan de ser beneficiosas y se transforman en una de las sensaciones más desagradables que se pueden tener.

La ansiedad o angustia se diferencia del miedo en que éste obedece a una causa y tiene un claro matiz adaptativo, ya que permite huir o enfrentar la situación peligrosa. La ansiedad responde a estímulos externos e internos, y entender sus motivos es el primer paso para enfrentarla. Luego, se trata de modularla hasta que desaparezca.

APRENDER A MODULAR LA ANGUSTIA

Los cambios físicos y psíquicos de la adolescencia son una constante fuente de ansiedad, como lo son las distintas situaciones que los jóvenes deben afrontar. Aprender a reconocerla como señal y ponerla a su servicio es también una tarea propia de esta etapa.

Hay un refrán americano que dice: «Cuando metas la pata en un agujero, sácala lo antes que puedas, no excaves.» Por elemental que parezca, durante la adolescencia se escarba y se escarba con frecuencia, aumentando así la dificultad del problema en cuestión. No siempre se entiende que primero hay que retirar el pie y luego mirar el agujero para comprender qué ha sucedido. En el otro extremo, cualquier estudiante sabe que sin un poco de miedo es imposible ponerse a estudiar; sin embargo, es muy frecuente desarrollar una ansiedad anticipatoria mayor de la necesaria, lo que hace muy difícil estudiar y, además, crea un peligroso antecedente para futuros exámenes.

El asunto es cómo graduar la ansiedad, la propia, dado que cada uno desarrolla su forma particular de angustia. Algunas personas tienen una clara predisposición, que además suelen reconocer en otro familiar; otras, una ansiedad que se dispara ante cualquier situación y que adquiere tal intensidad que impide todo desempeño lógico; otros se despiertan con una sensación invasora, como un dolor de muelas que dura día y noche; otros desarrollan ideas obsesivas o compensaciones compulsivas ante ideaciones intolerables, o incluso compulsiones para no tener ideas, como si fueran ritos de una extraña superstición.

Los trastornos de ansiedad se manifiestan en crisis de angustia, ansiedad generalizada, obsesiones y compulsiones, fobias y trastornos somatoformes. Hasta el 15 por ciento de las adolescentes presentan algunos de estos problemas al menos una vez en esta etapa de la vida. Una parte importante de los mismos desaparece después de los 20 años, pero a algunas chicas les acompañarán de forma intermitente durante toda su vida adulta, incluso su vejez. Hay que recordar que la mayoría de las jóvenes consiguen hoy modular su ansiedad, quizás por venir mejor «equipadas» biológicamente o porque con el tiempo logran cierta armonía.

DE LA PREOCUPACIÓN A LA ANGUSTIA INTENSA. LOS CASOS DE CARMEN, LUCY Y CRISTINA

«Estoy preocupada»

Carmen se incorpora en su silla, se revuelve una vez más su pelo casi rojo, me mira con aire de desamparo y, finalmente, me suelta: «No tengo ninguna preocupación.» Esta vez le preocupa precisamente no tener ninguna, y ante mi expresión, supongo que de incredulidad, suelta una de sus enormes carcajadas, busca un cigarrillo y sigue hablando con la velocidad que le caracteriza: «Soy tan rara que no tengo una puta preocupación.» Se queda pensando y pregunta con esa ingenuidad tan suya: «¿Crees que tengo arreglo?» Sin esperar respuesta, continúa: «La verdad es que tengo éxito con los tíos, pero niguno me interesa. Caigo bien, yo creo que me ven inofensiva y eso les gusta, pero suelto cada parida que les desconcierta...»

Carmen tiene un gran interés en ella misma. Podría pasar horas pensando o hablando de ella. Estuvo en tratamiento psicoanalítico y su terapeuta parecía disfrutar de un material sin fin, de un mundo riquísimo lleno de fantasmas aterradores. Carmen prolongaba por su cuenta las cuatro sesiones semanales a 20 horas diarias los 7 días de la semana; iba por la calle pensando en su mundo interno y en más de una ocasión la vi pasar frente al hospital ensimismada, mirando al suelo, con su paso elástico y su figura tan menuda.

Su padre, alarmado por los costes del tratamiento y temiendo que Carmen se trastornara del todo, hace lo imposible por retirarla, utilizando todos los recursos, desde el lloro a la amenaza judicial. Carmen es una persona miedosa, pero a pesar de ello, o quizás por ello mismo, no tiene problemas en establecer comunicación con un extraño en un parque de Londres o coquetear con un emigrante kurdo en el metro de Berlín. Viaja mucho y normalmente sola, y asegura que es la mejor forma de sentirse bien. Sus crisis de angustia las pasa en Madrid, donde termina siendo atendida en urgencias con la clásica mascarilla de oxígeno.

Sus hermanos sienten terror por los «numeritos» que Carmen es capaz de montar. Sus historias son motivo de conversación y a veces de risa entre ellos. Recuerdan que, cuando era estudiante, contagiaba su agonía por los exámenes a toda la familia, y después compartía también la espera de las notas. Su padre, muy cariñoso, la calmaba por la noche y la llevaba al colegio y más tarde a la universidad; su madre, muy racional, me preguntaba con asiduidad si «algún día se acabará todo esto». Cuando Carmen recibía las notas, a veces se olvidaba de comentar los buenos resultados en casa, prolongando así el sufrimiento paterno unos días más. Decía no ser consciente de su maldad, y se indignaba si alguien se atrevía a insinuarlo.

La estrategia habitual de Carmen era exponerse a las situaciones angustiosas, incluso provocándolas; y a diferencia de otras adolescentes, lo hacía sola. Aunque parezca mentira, lleva años estable, vive muy lejos y, cuando viene a vernos, se ríe de sus locuras.

«Soy como el rey Midas: todo lo que toco lo transformo en preocupación»

Carmen-Lucy es una adolescente muy alta, muy dulce y con unos enormes ojos de miope que no puede disimular tras los lentes de contacto. Hija de unos padres encantadores, tiende a actuar casi siempre de forma también deliciosa. La conocí cuando estaba cambiando de nombre, con 14 años; se hartó de que la llamaran Carmen y pidió que la llamaran Lucy. Y lo consiguió, como casi todo lo que se proponía.

Desde los 9 años manifiesta una sintomatología obsesiva, con malos pensamientos, especialmente referidos a la muerte de su adorada madre. Cierra con especial cuidado la ventana de su cuarto, mira debajo de la cama varias veces, le pregunta a gritos desde su habitación si está bien, siempre 3 veces, y se levanta a menudo a lavarse las manos. Durante un largo tiempo logra, o así lo cree, superar esta situación, pero a los 14 años se ve nuevamente invadida por reflexiones negativas e ideas intrusas y difíciles de apartar, todas ellas referentes al envejecimiento de su abuelo. Muestra un deseo pertinaz de que nada cambie, para que nadie envejezca, para que nadie muera, y no puede parar de pensar en ello; incluso, en ocasiones se asusta de su lucidez. Lee sin cesar y busca en el diálogo respuestas a sus miles de interrogantes. Una operación de la madre que no resulta del todo bien y el anuncio de que su padre también será intervenido la desorganizan y, aunque ambos son jóvenes y saludables, no puede evitar angustiarse: deja de comer, pierde peso de forma aparatosa y se transforma en el centro de la atención familiar.

Entonces, los padres paran su vida para cuidarla, aceptan que deje los estudios, la llevan a especialistas y le compran un perro minúsculo, Tobías, compañero inseparable durante su retiro, que durará casi 2 años. Se deja cuidar con condescendencia y su pensamiento va ganando en serenidad, aunque mantiene el mismo nivel de profundidad. Tras un gran esfuerzo, y con mucha ayuda, logra ir saliendo del aislamiento, pero su pesimismo persiste: «Estar bien es algo transitorio, estar mal es mucho más seguro, y yo prefiero la seguridad.»

Tiempo después, Lucy se va fuera a seguir sus estudios —exigentes y exitosos—, lejos de sus padres. Cuando mueren sus abuelos, escribe: «Creí que me afectaría más y no podría soportarlo. Echo de menos la rutina con mis padres y a Tobías. Tenías razón: alguna vez iba a ser capaz de echar de menos.» En una visita a Madrid me contó: «¿Te acuerdas de mi perro? Murió este último trimestre, pobrecito; creo que hasta los gatos que le perseguían, de canijo que era, le recuerdan. No quise aceptar que me compraran otro, tengo que volver a la universidad.»

Cristina y su papá desnudo

Vi a Cristina hace mucho tiempo. Era una chica de 12 años, con un aspecto sano y agradable. Buena alumna, sociable y cariñosa, no parecía existir en ella problema alguno. La trajeron a consulta sus padres —una pareja de profesionales, también de aspecto muy normal—, enviados a su vez por el pediatra, que la conocía de toda la vida, por un cuadro de intensa angustia que le invade durante la noche, impidiéndole conciliar el sueño y provocándole sucesivas interrupciones del mismo.

El año anterior Cristina había presentado la menarquia y sus padres la habían notado algo más ensimismada y sensible, lo que achacaban a la edad. Cambió de colegio por un traslado de domicilio y se adaptó bien, aunque echaba mucho de menos a sus compañeras de antes. Un día tuvo que volverse a casa con un cuadro de vómitos que había comenzado en el recreo y que se repitió al día siguiente. Su pediatra, tras examinarla, me la envió con un diagnóstico de «vómitos funcionales» y una petición: que intentara saber qué le pasaba, ya que a su entender la niña estaba demasiado sensible y muy tensa.

Los padres, muy preocupados, atribuían el malestar de Cristina a los cambios por la edad y a los de colegio y casa. La joven confirmó sus hipótesis, manifestando sentirse nerviosa en el colegio —mixto a diferencia del anterior— y un poco cortada con los chicos, que «se fijan en mí». En casa, no sabía explicarlo, le daba miedo especialmente su habitación; tenía la impresión de que oía pasos y de que la cortina se movía. Las pesadillas no la dejaban dormir, pero no las recuerda. Tampoco recuerda ninguna situación traumática reciente suya o de sus padres, algún hecho que pudiera conmoverla.

Consideré entonces necesario el uso de medicación ansiolítica para disminuir la angustia. Las molestias digestivas de Cristina desaparecieron y empezó a dormir mejor. Entró a formar parte de un grupo de terapia con chicas y chicos, con el objeto de mejorar sus habilidades sociales y aprender a expresarse en un grupo mixto. En una de las sesiones, y por la intervención de otra niña, derivaron a los miedos que sentían cuando los padres salían y se quedaban solos. Animada Cristina a contar los suyos, habló de su temor a las pesadillas, lo que generó varias preguntas. Ella, una vez más, insistió en que no recordaba el contenido de las mismas; sólo sabía que aparecían hombres que la perseguían. Ese tipo de sueños también lo habían tenido otros chicos del grupo, especialmente las niñas, y estuvieron de acuerdo en que era propio de su edad empezar a ver a los hombres como peligrosos. Volvieron al tema en alguna otra ocasión, pero Cristina ya dormía mejor y parecía menos interesada en la cuestión.

En la sesión de evaluación trimestral con sus padres, el padre me dijo que habían estado pensando en mi pregunta respecto a qué podía haber originado esta situación de Cristina. «Nosotros en casa tenemos la costumbre de no ocultarnos. Nuestros hijos nos han visto desnudos al salir del baño desde pequeños. Al poco tiempo de mudarnos, un sábado me crucé con Cristina cuando salía de ducharme y se quedó sorprendida de verme desnudo; fueron unos segundos, volvió sobre sus pasos y se metió en su habitación. No le di importancia al asunto hasta el otro día, cuando lo comenté con mi mujer. Fue justo antes de que empezara a dormir mal. Pensamos comentarlo aquí y, de momento, hemos decidido cubrirnos hasta que los hijos sean más grandes.»

Cristina nunca habló del tema, ni siquiera en esa ocasión. Prefirió escuchar y sólo asintió cuando sus padres le preguntaron su opinión sobre un mayor recato para proteger su adolescencia y la de su hermano. Se puso bien y fue dada de alta asintomática, aunque nos quedamos con dudas sobre la importancia y la influencia de la escena con su padre en su cuadro clínico.

11. Aprendiendo a deprimirse

La adolescencia es la edad en la que aprendemos a deprimirnos.
J. Thomas

Los cambios del humor marcan el inicio de la adolescencia. Los altibajos en el estado de ánimo, pasando del total aburrimiento a la exaltación, son fieles compañeros en esta etapa de la vida. La mayoría aprende a deprimirse practicando la adolescencia y casi sin darse cuenta. Una minoría lo hace tras uno o varios episodios depresivos menores, mientras que unos pocos, muy vulnerables, enferman gravemente.

Son numerosos los factores que una adolescente debe conjugar; si los supiera, seguramente se deprimiría con sólo pensarlo: fenómenos neuroquímicos complejos producto de la maduración de su sistema nervioso, a veces lastrado por una genética adversa; situaciones nuevas difíciles de enfrentar sin exponerse a fracasos estrepitosos; deseos ambivalentes de volver a ser pequeña y de crecer, de ser dependiente y de ser autónoma, de ser la que los demás quieren que sea o lo que ella puede ser. El mejor capital, sin duda, es una buena infancia, sobre todo si se vive con el apoyo emocional suficiente de familares y amigos.

Distinguir entre reacciones depresivas normales y patológicas es necesario, ya que estas últimas deben tratarse, lo mismo que los episodios depresivos mayores que aparecen en esta edad.

Soraya, una mujer superficial

«He optado por ser superficial, terriblemente superficial, una mujer sin problemas.» Soraya me mira y se ríe, aparentemente satisfecha de su decisión. «No sé pensar sin comerme el coco y cuando me lo como soy campeona del mundo: horas, días, creo que hasta meses sin parar. El otro día mi madre se reía de mí la muy lista. Me levantaba de la mesa para ir a mi habitación cuando oí que decía con cierto retintín: "Llegó la hora del sufrimiento." Me llama "la intensa", incluso "la coco", y en momentos de recochineo "intensamente Cocó". Tiene sentido del humor, a mi costa por supuesto, aunque se entera de las cosas. Muchas veces me pregunta qué es lo que me pasa, me da rabia y contesto cualquier cosa o no le hago caso. Yo tampoco sé lo que me pasa.»

Satisfecha una vez más de sus reflexiones, vuelve a sonreír y continúa: «Susana no es una buena amiga, aunque ella diga lo contrario; desde que sale con Raúl no es la misma, está idiota, tonta perdida, y las demás no le importamos nada. El último viernes ni llamó, y después nos dijo que había tenido un lío con su madre. Luisa y yo como tontas esperando... Con Luisa me aburro, es tan sosa, casi no sabe hablar. Está acomplejada y por eso se me pega para salir. Mi madre dice que es tímida y que ya se le pasará cuando viva un poco más. Soy yo la que no me veo eternamente con ella, como dos solteronas.

Lo de Pedro tampoco funciona, es un egoísta como todos los hombres. Al principio me hice ilusiones, estoy segura de que le gustaba el día que nos enrollamos, al volver de la discoteca, pero después nada, es tan raro, casi no me habla cuando nos cruzamos. Susana dice que espere, pero no creo que me llame.»

Su discurso se hace más serio, baja un poco la cabeza y sus ojos parecen aún más oscuros. Le hago un gesto para que «corte el rollo», toma aire y se distiende. Vuelve a sonreír. «Gracias por pararme, ya estaba empezando otra vez. Por eso quiero hacerme la mujer más frívola del mundo.»

Una llamada de atención

María tiene 16 años cuando la conozco. Es una joven que nunca antes había dado problemas ni llamado la atención. Nadie recordaba su cumpleaños ni la felicitaba por sus notas. De pronto, deja de comer, abandona los estudios y pide a su padre que la deje trabajar con él en una pequeña imprenta. El padre acepta de mala gana. Estaba convencido de que su hija servía para estudiar y hasta cierto punto se sentía orgulloso de ella, aunque se cuidaba mucho de demostrarlo.

Compartía la imprenta con un socio con el que tenía una mala relación. La hija del socio, de la misma edad de María, también había abandonado los estudios y trabajaba con ellos desde hacía un año. Pedro, el padre de María, la consideraba vaga e irresponsable, y solía jactarse de lo estudiosa que era su hija. Cuando incorpora a María al negocio, la hace cumplir con dureza las labores más modestas: limpieza, orden del material, etc. María quiere agradar a su padre y cumple lo mejor que puede. Pero empeora progresivamente y se vuelve cada vez más triste e inapetente. Los padres, preocupados, deciden consultar. Realizamos sesiones individuales y conjuntas con ambos.

María es atractiva y muy rica como persona. Su ídolo es su hermana, también guapa pero nada exitosa en los estudios. Vive con un sentimiento enorme de culpa el estar mal, ya que dice tenerlo todo y no saber aprovecharlo. Se ve poco inteligente y fea comparada con su hermana. Cuando en la terapia surgen aspectos críticos hacia sus padres, los rechaza de inmediato y se rebela contra ella misma. Establece una fuerte dependencia con su terapeuta, tanto, que es preciso insistirle en que se marche al finalizar cada entrevista. La relación terapéutica es intensa ya que María aporta, exige y responde. A sugerencia mía, trae cada día cosas escritas, de bastante calidad, y se siente respaldada por el interés que demuestro. Sus escritos y mis comentarios le ayudan a pensar: «Aquí me ordeno, mientras tú estés y me lo digas.»

Al principio la joven reivindica soluciones, luego ayuda en sus elecciones y más tarde colabora en la toma de decisiones respecto a su trabajo y sus estudios. La disminución de la sintomatología se hace evidente y María vuelve a sus estudios. Se resiste a espaciar las sesiones, pero al final acepta. A sus padres, que asisten a todas las sesiones a las que son invitados, les cuesta mucho expresar el cariño que tienen por María, pero consiguen darle el reconocimiento que necesita para superar su problema.

Angelote

Laura es una joven preciosa, como un ángel de Murillo, pero terrenal. Hija de un trabajador de imprenta, es rubia, con el pelo rizado, de piel blanca y unos ojos azules traslúcidos que se esconden detrás de unas gafas. Cuando le preguntas cómo se llama, le caen unos enormes lagrimones.

Presenta un cuadro mixto de ansiedad y fuerte depresión. Fracasa en los estudios —en esos momentos repite 1° de BUP— y se siente vivir al límite. Laura viene a consulta con su padre, quien me dice con gran frialdad, sin ninguna comprensión, que a su hija no se le puede hablar porque «ya ve usted, enseguida se pone a llorar». La joven está empeñada en seguir estudiando, pero los padres, que no paran de trabajar, opinan que «le ha dado la tontuna de estudiar cuando desde pequeña...».

Como la Cenicienta, ella se ha encargado siempre de todo en casa. Dado que no estudiaba, algo tenía que hacer, pero nadie le reconocía ningún valor. Dejó el BUP, porque le resultaba imposible, y a instancia mía se apuntó a distintas actividades: campamentos, deportes como senderismo o *treking*... Incluso trabajó como monitora. Pero sus padres tampoco apreciaban esto, aunque les salía gratis, ya que consideraban que era de ricos. Todo se lo chafaban a Laura.

Su padre también había vivido su propio fracaso profesional, perdiendo nivel en la imprenta en la que trabajaba desde hacía años. Cuando Laura elige este mismo oficio, empieza a ir con su currículum de imprenta a imprenta, hasta que alguien la reconoce. Su padre se enfada, demostrándole una vez más que era una persona no amada.

La depresión mayor de Laura, tratada con medicación y psicoterapia, fue larga. Comenzó a recuperarse en un par de años. Se echó un novio bastante mayor que pertenecía al gremio de deportistas, lo cual le vino muy bien. Se sintió valorada, incluso como espléndida cocinera, que lo era, y dejó poco a poco de creer que nadie la quería, que por todos era rechazada. Laura hubiera salido antes de su depresión de haber podido contar con algunos referentes afectivos. Era frágil, dependía mucho del destino y había sufrido mucho sin endurecerse.

«Se me ha ido el rencor»

Pelitos la llamaban por su forma de peinarse. Su enorme y cuidada melena cubría con creces su cabeza y se elevaba varios centímetros, dejando ver una cara muy pequeña. Sus facciones eran muy correctas, y su permanente sonrisa, así como una presencia encantadora, parecían llenar la habitación. Era famosa por su carácter sociable —se interesaba por todo el mundo— y por su forma de arreglarse.

Despierta e inteligente, estaba saliendo de un episodio depresivo que le había costado buena parte de su autoestima. Los resultados en los estudios hasta la fecha eran muy exitosos. Un aparatoso intento de suicidio significó el inicio de su tratamiento y de la presión constante de sus padres para que se pusiera bien.

Viene a su consulta psicoterapéutica semanalmente. Es puntual y trabajadora, y parece entender bien en qué consiste la tarea que compartimos. «En alguna ocasión me decías que lo tuyo era mucho coquetear pero poco ligar... No pongas esa cara de extrañeza porque algo así me dijiste.» «Tengo novedades, tachín tachín. Hay un hombre en mi vida, se llama Javi. ¿Te sorprendes?, pues sorpréndete. Le conocí el sábado, me lo presentó Charo, de la que te he hablado, la que me había hecho una putada, perdón, así lo creía yo, y ahora nos vemos mucho en Bilbao. Me puse a vacilar, tú ya me conoces, pero por una vez fue diferente. Me siguió el rollo descaradamente, yo creo que todos se dieron cuenta. Le di mi teléfono y el domingo salimos. Aunque no lo creas, nos enrollamos. No te rías. Tú pensabas que era una estrecha y que temía a los chicos. No me lo has dicho así, pero yo lo entendí y creo que tienes razón. Tengo novio, hasta yo puedo tener novio.»

En las semanas siguientes trae nuevamente su relación con Javi, a quien cree ir descubriendo en sus salidas. Se siente a gusto, tranquila, segura, sin tener que esforzarse como siempre para caer bien. «He estado muy forzada durante años, y ahora me doy cuenta de lo cansado que era siempre estar arreglada, estar bien... Yo creo que era por mis padres, no te rías, hombre, había que tranquilizarlos, siempre estaban preocupados. Hace unos meses me prohibiste hablar de mis padres, creo que fue necesario, como tú decías; no podía decir dos frases seguidas sin mencionarlos, y por supuesto eran los culpables de todo lo que me pasaba. Sé que estoy en lo cierto, y que mi sonrisa, mi eterna sonrisa, era para mostrarles lo bien que estaba. Creo que llegué a odiarles, estaba harta de sus peleas, motivadas siempre "por la niña", "por mi bien", como ellos decían. A veces pienso que si hubieran tenido más hijos me habrían dejado más tranquila, aunque he sido yo la que desde pequeña he temido dejarles solos. Imaginaba que si me iba mi madre empezaría a dar el coñazo a mi padre, se pelearían, se pegarían hasta matarse. Pensaba a menudo en mi madre muerta y en mi padre convertido en un asesino.

Una vez me dijiste que parecía hablar con rencor de ellos y que el rencor tenía mal arreglo, lo mismo que el resentimiento y la envidia. En los últimos días tengo la sensación de que se me ha ido el rencor, te juro que sí. Lo pensaba el otro día cuando los miraba de lejos y los veía tan mayores, discutiendo por los siglos de los siglos. Son así, me decía, y hasta les quiero. Quizás el empezar a salir con Javi y el abrirme a otras cosas me ha permitido verlos de otra forma, un poco ridículos, pero míos. Tú no creías que el rencor pudiera irse, yo tampoco. Pues anota: se va.»

En los meses siguientes Pelitos no volvió a hablar del tema. Era la última etapa de un tratamiento prolongado que había comenzado en un servicio de urgencias y que había requerido asistencia en un hospital de día durante 18 meses, hasta que pudo reiniciar sus estudios. Para ello se utilizó medicación antidepresiva a lo largo de 9 meses y ansiolíticos por un tiempo similar.

12. Jugando con la muerte

La elaboración del concepto de muerte en nuestra especie, la única que parece tener clara conciencia de ella, se va desarrollando a lo largo de la vida. La idea aparece por primera vez alrededor de los 3 años, edad de preguntas y pensamientos profundos en la que empieza a entenderse que los demás se van a morir; de ahí las impertinentes preguntas a los abuelos y las más angustiosas a las madres. Hacia los 9 años, la conciencia de la propia muerte adquiere especial significación: la muerte de uno pasa a ser parte de uno, de la identidad que trabajosamente se ha ido configurando durante los años de la infancia. A esa edad llegan los miedos, las obsesiones y las depresiones que, para la mayoría, quedan diluidas en el recuerdo y los juegos a veces macabros de la niñez.

Ya en la adolescencia, se actualiza todo, incluso la concepción de la muerte de uno mismo, revivida con especial intensidad cuando muere un amigo, hecho que golpea todas las muertes que los adolescentes llevan dentro. La pérdida de los abuelos, bastante frecuente en esta época, es otro motivo de reflexión, y la de padres o madres puede llegar a ser devastadora y romper el proceso de la adolescencia.

Es una edad de suicidios y de juegos con la muerte, de la que como es obvio, pero necesario recordar, la gran mayoría sale viva. La principal causa de muerte en adolescentes son los accidentes, entre los cuales destacan: en primer lugar, los ligados a la conducción de vehículos; en segundo, los suicidios y, por último, las enfermedades oncológicas. Afortunadamente, mueren muy pocos adolescentes, pero sus muertes, por la edad en la que se producen y por lo aparatosas que resultan, crean en las familias una enorme convulsión.

INTENTOS DE SUICIDIO Y SUICIDIOS

Los intentos de suicidio son 40 veces más frecuentes que los suicidios consumados, al menos en las chicas, que lo intentan más que los varones, pero afortunadamente con menos resultado. La curva de actos suicidas en chicas se eleva a partir de la menarquia o primera menstruación y tiende a disminuir después de los 20 años. Dentro de las conductas de riesgo adolescente se encuentran los actos suicidas, que en una proporción importante no son conductas deliberadamente autolíticas, aunque algunas terminan mal.

La intoxicación de Elena

Elena tiene 15 años cuando la conozco. Ha sido ingresada durante la noche en el servicio de urgencias del hospital con el diagnóstico de una intoxicación por psicofármacos con fines aparentemente autolíticos. Me han pedido que la vea y valore su evolución. Entro a su habitación seguido de la enfermera; están ella y su madre, María, ambas muy morenas y de ojos grandes, los de Elena semicerrados y los de su madre expectantes. Las constantes de la joven son ya normales y se encuentra fuera de peligro, pero el psiquiatra de guardia consideró necesario dejarla hospitalizada dada la gravedad del intento y la aparente persistencia de la ideación suicida.

Elena se muestra poco interesada en mi visita, pero sin embargo me contesta muy educadamente a las preguntas que le hago. Dice estar tranquila y haber descansado, aunque pretende seguir durmiendo si la dejan. Lamenta seguir viva, si bien ya no puede evitarlo. Al escucharla, la madre se remueve inquieta. «Estoy de más, la verdad es que nadie me necesita. Ya tienen bastante con lo de mi hermano. Mis tres hermanas son sanas, pero yo he salido como él.» Ignoro lo que le pasa a su hermano y pregunto a Elena por ello. «Tiene una psicosis y no hay arreglo, a mí me pasa lo mismo, se me va la olla... No, no es tanto como lo de él, pero me está empezando y no quiero ser otro motivo de disgusto para mis padres.» Le hago ver que su madre está a su lado y no precisamente contenta, que no parece estar de acuerdo con sus sanas intenciones de desaparecer. Por un momento, se interesa en la conversación. «Es muy buena —dice, dirigiendo levemente la cara hacia su madre—, no se merece esto, ni nada de lo que le pasa. Todo es una mierda.» Dejo descansar a Elena.

El diálogo con ella continuará los seis días de su ingreso y, más tarde, en sucesivas visitas a mi consulta, casi todas en compañía de su madre. En el pasillo, trato de calmar a María. «Estoy calmada —me señala—, más bien desconcertada y muy preocupada. Elena está mal hace tiempo, desde la última vez que ingresamos a su hermano. Fue muy violento, tuvieron que venir a buscarle a casa, porque estaba tremendamente agresivo. Elena, que es la pequeña, se enfrentó a su padre, culpándole de lo que pasaba, y trató de irse en la ambulancia. De esto hace dos meses. No quiere ir al colegio y pasa muchas horas en la cama durmiendo; tampoco ve a sus amigas y rechaza a sus hermanas. La otra noche, mi marido y yo salimos a cenar fuera y aprovechó para tomar unas medicinas de su hermano. Yo creo que tiene algo distinto, que está deprimida y que le faltan fuerzas para vivir. No es que quiera morir, aunque después de esto una ya no sabe...»

María no estaba equivocada con el diagnóstico de su hija. Se confirmó un episodio depresivo sin sintomatología psicótica. Elena respondió bien a los fármacos antidepresivos y al apoyo psicoterapéutico. Le ha costado mucho llevar bien su proceso adolescente y encontrar su propio camino, diferente al de su hermano enfermo y también al de sus hermanas. Exigente, a menudo insatisfecha, desconfiada, sensible e inestable, ha tenido que hacer grandes esfuerzos para sacar su vida adelante. Aceptó a regañadientes el tratamiento psicoterapéutico con otro profesional, pero ha sabido sacar provecho de él. Éste duró 3 años, el primero con un par de sesiones a la semana y los dos últimos con una frecuencia semanal. No ha presentado otros actos suicidas, aunque durante 2 años hubo recurrencias en su sintomatología depresiva, acompañada de la idea de quitarse de en medio. Desde hace 4 años no usa medicación.

Adolescentes con más riesgo

Quienes más riesgo tienen de hacer un acto suicida son aquellos adolescentes que ya lo han intentado en otra ocasión; por lo general, jóvenes con sintomatología depresiva y, también, los cercanos a otro que lo ha intentado. En ocasiones, los actos suicidas se propagan como una pequeña epidemia. La posibilidad de nuevos actos es relativamente alta cuando se conoce un caso en el instituto o el barrio, lo que vuelve muy delicada la información. Otras veces, se han visto contagios significativos cuando ocurre un suicidio en una serie de televisión dirigida a jóvenes. En nuestro medio hospitalario, cuando existe un caso de suicidio se disparan todas las alarmas. Entonces hay que pedir su máxima colaboración a los padres, para que la onda expansiva del mismo no haga un daño irreparable.

La ideación suicida es la presencia de una idea persistente de morir, que puede ser más o menos intensa, más o menos invasiva y con mayor o menor tendencia al acto según la persona y el momento que esté viviendo. Está presente en poco más del 10 por ciento de la población escolar adolescente, porcentaje que parece variar durante el año. En una ocasión, realizando un estudio al respecto, nos permitieron utilizar los cuestionarios psicológicos el mismo día en que los encuestados esperaban las notas de un examen final aparentemente muy difícil. Cuando analizamos los resultados, pudimos observar que un 47 por ciento mostraban ideación suicida y muchos de ellos con una puntuación muy alta. El encargado del estudio en aquella ciudad me llamó muy preocupado, pero resultaba imposible tomar ninguna medida preventiva ya que el curso había acabado y los cuestionarios eran anónimos. Pudimos, eso sí, repetir la evaluación después de las vacaciones, y el porcentaje del mismo curso era sólo de un 9 por ciento.

Cuando se trabaja con adolescentes anoréxicas, bulímicas, con trastornos depresivos o personalidad inestable, sabemos que el porcentaje de ideación suicida será alto y que también son muchos los que presentan, además, dificultades en el control de sus impulsos, lo que les vuelve más peligrosos. Cada semana, más de una chica nos manifiesta su deseo de morir o de quitarse de en medio; es una dura disciplina convivir con esta posibilidad sin dejarse arrastrar por ella. Para los médicos se trata de un dato siempre relevante, y lo difícil es no entrar en situaciones que distorsionen el tratamiento sin descuidar el riesgo. Aun así, en ocasiones nos toca vivir la dolorosa experiencia de ver adolescentes que se suicidan sin que podamos evitarlo.

Una experiencia terapéutica muy dura

Una experiencia terapéutica muy dura es atender o ayudar a los padres y/o hermanos del joven suicida, desechos tras la muerte de su hijo. En cuatro oportunidades he trabajado con padres que habían perdido a un hijo por suicidio, ninguno de ellos paciente nuestro. En sucesivas visitas intentaban reconstruir sus vidas, en un proceso lento y especialmente difícil sobre todo por la culpa que tendían a atribuirse, sobre el acto suicida en sí y sobre lo que habían hecho o dejado de hacer. En estos casos el dolor suele ser espantoso y se transmite entre los familiares. Uno llega a dudar de si serán capaces de superarlo, pero ellos suelen argumentar que la terapia sí les sirve, algo que la experiencia de los profesionales parece demostrar. Se dice que un suicidio afecta a más de una generación y se incorpora a la historia familiar como algo no resuelto o en muchos casos oculto, situación que se complica cuando en la misma existe el antecedente de otro suicidio.

Si una adolescente ha tomado pastillas —el método más común entre las chicas—, tiene una alta probabilidad de tomarlas nuevamente, incluso de hacerlo en sucesivas ocasiones. Como amenaza explícita o tácita, puede transformarse en un poderoso mecanismo de chantaje para padres o novios. Es difícil evitar esa dinámica, intrínsecamente perversa, pero hay que intentarlo, ya que si se cede a las presiones de la adolescente, la probabilidad de que siga usando ese recurso aumenta. Es indispensable enseñarle otros métodos para afrontar los problemas interpersonales, no tan poderosos pero de menos costo para todos. Es conveniente también que los familiares acepten negociar en lugar de imponer la autoridad paterna.

Esta necesidad de negociar ha sido descrita igualmente para madres con bebés, como una forma válida y democrática de relacionarse y de reconocer al niño como un sujeto con sus propias peculiaridades, y no como una extensión de sus padres. Si esto es válido para bebés, también debe serlo para los adolescentes, a los que hay que procurar llevar a una negociación. No se trata de ceder, renunciar a la autoridad o reforzar la prepotencia adolescente, sino de definir un campo y unas reglas para encontrar soluciones.

Una buena parte de los actos suicidas no son tales, sino expresión de lo que clásicamente se conoce como «llamar la atención», expresión frecuentemente mal utilizada ya que hay personas que son capaces de morir por llamar la atención. Muchas adolescentes se arrepienten después de haber tomado pastillas y llaman por teléfono a algún familiar o a alguna amiga, o se lo confiesan a su odiada hermana. Tradicionalmente éste se ha considerado un dato positivo, porque desmiente la intención de morir, pero en rigor se trata más bien de una manifestación de la ambivalencia de la joven ante el deseo de matarse. Numerosas chicas nos dicen que en realidad no querían morir, aunque tampoco les importaba, porque lo que intentaban era dejar de sufrir.

Durante un tiempo coleccioné las cartas que dejaban las adolescentes antes de un acto suicida. Casi todas son pobres, de disculpas, de reafirmación del cariño que sienten por sus padres, de encargos que hacen para que alguien cuide de sus hermanos, o de sus perros y gatos. En la actualidad las animamos a escribir en las horas siguientes al intento de suicidio, cuando han despertado o están más tranquilas. Se les pide que cuenten una historia de su vida en tres tiempos: pasado, presente y futuro. Es éste un medio más para tratar de precisar el riesgo de un nuevo intento nada más salir del hospital, pero también para que pongan en orden sus ideas. Casi todas las pacientes aceptan este reto y parecen encontrar en el relato las piezas de su rompecabezas.

ACCIDENTES Y AUTOLESIONES

Los accidentes, especialmente los que se repiten, pueden ser actos *parasuicidas*, y así lo entiende la mayoría de la gente, salvo quienes los sufren. En general es un «patrimonio» de los chicos, que encuentran en ellos la principal causa de su muerte. Las chicas, por lo general acompañantes, también mueren o quedan inválidas como consecuencia de los accidentes.

Sin embargo, los cortes en los antebrazos, los pinchazos en las piernas, los golpes contra la pared u otros objetos duros, las quemaduras de cigarrillos, los puñetazos en los ojos, etc. deben considerarse *autolesiones* y no actos suicidas, aunque no es extraño que confluyan en la misma chica ambas cosas. Son manifestaciones de inquietud interna, de sentirse mal y de buscar en el dolor físico un alivio al dolor mental.

Las autolesiones pueden ser ocultas y por tanto nada sospechosas de ser actos para provocar a los demás. En ocasiones las adolescentes se pueden hacer mucho daño, especialmente si el acto se vuelve compulsivo e imparable, como se observa en algunos adolescentes con retraso mental y severos cuadros psicóticos; en tales casos resulta necesario inmovilizarles y sedarles. En chicas con trastorno límite de personalidad —también llamado *trastorno inestable de personalidad*—, esta conducta es frecuente. Lo mismo ocurre en jóvenes anoréxicas y bulímicas, así como en quienes tengan un cuadro depresivo y obsesivo, aunque no lleve asociado ningún trastorno de la personalidad.

Cortarse las venas

Es muy difícil morirse cortándose las venas, incluso metiéndose en la bañera como ocurre en las películas. Sin embargo, esta conducta es relativamente popular entre las chicas, a las que a veces deben practicárseles puntos de sutura e incluso intervenciones más complicadas si la incisión es intensa. Se trata de un acto con clara resonancia social, expresión de una dificultad de comunicación y de desesperación, más que un intento de morir.

LA ACTITUD ANTE EL SUICIDIO

Es aconsejable que la muchacha que ha intentado suicidarse esté a solas un tiempo antes de entrar en contacto con los suyos y que, cuando se vean, junto a las manifestaciones normales de alivio y cariño, se abra la posibilidad de pensar y hablar sobre su situación. La mayoría de las supuestas causas que dan las adolescentes corresponden al ámbito familiar; incluso cuando los conflictos son con amigas o novios, piensan que la solución está en la comprensión y el apoyo familiar.

Así pues, veo recomendable, tras un acto suicida, la realización de al menos una consulta con toda la familia, padres y hermanos. Esta entrevista debe hacerse después de la evaluación psiquiátrica habitual en la que se descarta el riesgo inmediato de un nuevo acto suicida.

Una de las conclusiones de esta tabla es que son más las chicas que piensan en el suicidio, superando en porcentaje el 10 por ciento. El 15,9 por ciento ve su futuro con poca esperanza, el 14,2 por ciento piensa que la vida no merece la pena, el 20,2 por ciento desea quitarse de en medio, el 13,6 por ciento desea estar muerto y el 18,8 por ciento tiene idea de quitarse la vida.

TABLA XXII

PREGUNTAS SOBRE EL SUICIDIO.
VARONES Y MUJERES DE 15 AÑOS

GHQ (Cuestionario de Goldberg)	*Varones* %	*Mujeres* %
Sin esperanza en el futuro	N=85 de 513 (16,57)	N=106 de 664 (15,96)
La vida no merece la pena	N=49 de 514 (9,53)	N=95 de 666 (14,26)
Desea quitarse de en medio	N=55 de 512 (10,74)	N=135 de 667 (20,24)
Desea estar muerto	N=50 de 513 (9,75)	N=91 de 667 (13,64)
Idea de quitarse la vida	N=51 de 513 (9,94)	N=126 de 667 (18,89)

(G. Morandé, J. Celada y J. Casas, «Trastornos de la conducta alimentaria en adolescentes. ¿Una epidemia?», *Anales Españoles de Pediatría*, Madrid, 1998.)

N es el número de adolescentes estudiados.

TERCERA PARTE

13. Conductas de riesgo en adolescentes. Vulnerabilidad y factores de protección

La adolescencia es una edad de riesgo en la que chicos y chicas ponen a prueba su capacidad de control y descontrol. Tales conductas son la causa principal de mortalidad, invalidez, enfermedades o adicciones que, en ocasiones, les acompañarán a lo largo de toda la vida. Entre ellas se encuentran:

- El consumo de tabaco, alcohol y drogas
- La conducción imprudente de vehículos
- Las dietas para adelgazar
- Los actos suicidas
- Ciertas conductas sexuales
- El manejo de armas de fuego
- Las peleas entre bandas rivales
- La incorporación a sectas o grupos violentos
- Algunos deportes que privilegian el peligro.

La mayoría tienen un carácter transgresor, de romper con las normas establecidas, y todas se caracterizan por un aspecto imitativo, incluso competitivo, que las vuelve contagiosas entre los miembros del grupo juvenil. Muchas aportan identidad en un momento de la vida en que ésta se difumina para hacerse grupal, tribal o dejar de existir, al menos aparentemente.

INCITACIÓN, VULNERABILIDAD Y GÉNERO

Algunos adolescentes incitan a las conductas de riesgo, mientras que otros son especialmente vulnerables. Durante generaciones eran las chicas las que aparecían como más vulnerables ante sus congéneres varones. Hoy, sin embargo, da la impresión de que los papeles están más repartidos. Las chicas pueden iniciarse en el consumo del tabaco antes que los varones como respuesta a la invitación de una amiga o por imitación de su madre. El consumo de alcohol es paralelo en ambos sexos y ellas hacen rigurosas dietas por competencia femenina.

LA FAMILIA EN LA TRANSMISIÓN DE CONDUCTAS DE RIESGO

Por lo general, la familia organizada cumple un papel protector, limitando en los adolescentes este tipo de conductas. Pero cuando entra en crisis o se desestructura, aumentan las conductas de riesgo entre sus miembros, especialmente los jóvenes. La ausencia de padre, por ejemplo, tradicionalmente se ha relacionado con mayores alteraciones en la conducta de los hijos. Sin embargo, otras conductas, como las dietas, se dan igual en familias muy unidas que en las más disgregadas, en función de la importancia que éstas otorguen al físico y la apariencia. El cambio evidente que en los últimos tiempos se ha producido respecto a las normas disciplinarias, así como el temor de muchos padres a ejercer su autoridad y poner límites a la conducta de sus hijos, es otro de los elementos a tener en cuenta.

MEJOR EN LA ESCUELA QUE EN LA CALLE

Esta expresión popular corresponde, sin duda, a la realidad. El «hacer pellas» o no asistir a clases es una clara conducta de riesgo. Si bien son muchos los profesores que no aceptan la idea de que la escuela sea vista por la sociedad como una guardería, también durante la adolescencia puede serlo, y de muy buena calidad, si está bien estructurada y en ella, además, hay educadores comprometidos con su tarea.

EL PAPEL PROTECTOR DE LOS GRUPOS ESTRUCTURADOS

Grupos como los *scouts*, deportivos, parroquiales, solidarios o sociales, unidos todos ellos por un fin y unas actividades comunes, cumplen un papel importante respecto a la organización del tiempo libre y, por tanto, inciden muy positivamente en los jóvenes, cumpliendo una función protectora.

Un buen grupo de amigos también resulta un grupo estructurado con una enorme capacidad de cuidar a sus miembros.

La religión

Algunas de las tablas recogidas en este libro nos enseñan la poca importancia que los adolescentes dan hoy a la religión y los religiosos. Es un fenómeno creciente en las últimas décadas y marca el divorcio existente entre los jóvenes y las iglesias.

Nuestra experiencia nos ha permitido comprobar que las jóvenes valoran las actividades juveniles que organizan las parroquias y especialmente las convivencias. Son numerosas las que participan y se benefician de las actividades solidarias realizadas con minusválidos, enfermos terminales y emigrantes organizadas por religiosos. El hecho de que se trate de grupos estructurados, normalmente de ambos sexos, con gente necesitada de comprensión y apoyo, ayuda a muchas chicas a tener un desarrollo más equilibrado; sobre todo se favorecen las más vulnerables, porque encuentran gente aún más débil que las necesita a ellas.

Las convivencias son por lo general bien acogidas en la medida en que permiten una actualización de los valores personales, especialmente aquellos que las jóvenes consideran más importantes en su interior y que suelen ver repudiados o dejados de lado por una sociedad preocupada del éxito y la apariencia.

El deporte

Tradicionalmente, el deporte ha sido considerado un factor de protección, salvo el de alta competición y el correspondiente al mundo del deporte espectáculo. Una joven que hace deporte regularmente, especialmente aquel que le permite modular la competencia, desarrollar el sentido de equipo —por tanto la complementariedad— y sentirse bien con su físico, tiene menos oportunidades de desarrollar conductas de riesgo.

En la actualidad, las chicas hacen mucho más deporte que el que hicieron sus madres y abuelas. Como puede observarse en el *Estudio epidemiológico de la Comunidad de Madrid* (1987), el 77 por ciento de los jóvenes entrevistados afirma realizar algún deporte; el porcentaje de las chicas asciende al 72,7 por ciento.

CONDUCTAS DE RIESGO Y TIEMPO LIBRE

La mayoría de las conductas de riesgo se dan en fines de semana y vacaciones. Cualquier política preventiva ante dicha problemática adolescente ha de tomar en cuenta este aspecto. Quienes trabajamos clínicamente con adolescentes vulnerables tememos mucho más las vacaciones que al periodo lectivo, a pesar de las dificultades escolares. A mayor vulnerabilidad, mayor es la necesidad de preparar el fin de semana.

ADOLESCENTES DE RIESGO

Se entiende por «adolescentes de riesgo» los jóvenes que por sus características personales y su red social tienen más posibilidades de pasar de la conducta de riesgo ocasional a la habitual, y con ello al trastorno de conducta. En general, destacan las niñas más inseguras, con poca conciencia de sus límites, influenciables y con poco éxito social; aquellas con escaso apoyo familiar y nulas amistades; aquellas que están enfermas física o mentalmente; las que nunca han sido queridas, etc. A todos estos factores inespecíficos, cada patología añade los suyos propios. Por poner un par de ejemplos, tiene más probabilidades de salir bebedora la hija de un alcohólico, y es más frecuente que haga un trastorno de la conducta alimentaria una chica que se sienta muy insatisfecha con su cuerpo.

En las tablas sucesivas se enseñan algunos datos sobre adolescentes de ambos sexos con riesgo de trastornos de la conducta alimentaria, comparados con *controles* (jóvenes normales). Son parte del estudio de Móstoles, ya citado, que fue realizado por nuestro equipo.

Los chicos y chicas de riesgo son aquellos menos conformes con su aspecto corporal.

TABLA XXIII

CÓMO SE VEN LOS ADOLESCENTES DE 15 AÑOS. POBLACIÓN DE RIESGO Y CONTROLES, POR GÉNERO

	Varones %	*Varones de riesgo* %	*Mujeres* %	*Mujeres de riesgo* %
Bajos	3,78	0	6,09	4,49
Bien	52,31	5,26	32,86	8,43
Altos	1,26	0	1,62	1,12
Gordos	10,92	78,95	30,43	78,09
Flacos	23,32	10,53	20,28	0,56
Feos	5,46	5,26	6,29	4,49

El grupo de riesgo de ambos sexos se ve más gordo.

TABLA XXIV

CUANDO TENGO UN PROBLEMA RECURRO A..., POR GÉNERO

	Varones %	*Varones de riesgo* %	*Mujeres* %	*Mujeres de riesgo* %
Padre	2,97	18,18	3,69	0,88
Madre	34,25	36,36	33,54	36,28
Hermano	14,88	18,18	13,54	5,31
Amigo/a	23,42	18,18	41,85	49,56
Sacerdote	1,1	0	0	0
Nadie	12,95	9,09	7,38	7,96

Si tienen problemas, las chicas recurren en primer lugar a los amigos, y en segundo a su madre. En el grupo de riesgo estas preferencias son aún más marcadas. El padre, como puede observarse, juega un papel muy secundario, no así para los varones susceptibles.

El no recurrir a nadie no es solamente una manifestación de soberbia, sino una actitud de riesgo.

RESILIENCIA

El término «resiliencia» fue acuñado por el profesor inglés Michael Ruther para hacer referencia a los niños y adolescentes que han sufrido situaciones muy adversas y las han superado sin aparente daño. Se utiliza como sinónimo de «resistencia» y se opone a «vulnerabilidad».

¿Qué es lo que hace que de los cientos de miles de jóvenes con conductas de riesgo sean tan pocos aquellos a los que finalmente les sucede algo? ¿Cómo es posible que adolescentes criados en condiciones muy adversas o sometidos a experiencias catastróficas salgan adelante y se encuentren tan bien? Los factores de resistencia que permiten a los adolescentes sobrevivir constituyen uno de los campos más interesantes para la investigación actual. Si el conocimiento de conductas de riesgo

TABLA XXV
PERTENENCIA A GRUPO DE AMIGOS Y RIESGO

	Varones %	*Varones de riesgo* %	*Mujeres* %	*Mujeres de riesgo* %
Tengo grupo de amigos	86,77	77,78	93,38	83,91
No tengo grupo de amigos	12,92	22,22	6,62	15,09

ha sido importante, el de los elementos de protección puede serlo todavía más.

Las chicas y los chicos de riesgo tienen menos pertenencia al grupo de amigos.

TABLA XXVI

SITUACIÓN LABORAL DE LA MADRE Y RIESGO, POR GÉNERO

	Varones %	*Varones de riesgo* %	*Mujeres* %	*Mujeres de riesgo* %
Madre trabajadora	28,13	25	28,36	40
Madre trabajadora a tiempo parcial	7,95	0	6,18	3,75
Madre en paro	10,04	0	10,55	10
Ama de casa	53,52	75	54,91	46,25

A las chicas parece afectarles más que su madre trabaje a tiempo completo, mientras que a los chicos parece beneficiarles.

TABLA XXVII

USO DEL TELÉFONO Y RIESGO, POR GÉNERO

	Varones %	*Varones de riesgo* %	*Mujeres* %	*Mujeres de riesgo* %
Lo uso a diario	0,94	0	2,53	6,02
Lo uso cuando me siento solo	5,96	11,11	25,27	42,17
Lo uso cuando necesito algo	80,56	88,89	67,51	45,78

Las chicas usan más el teléfono y lo hacen, sobre todo, para combatir la soledad.

14. Trastornos de conducta en adolescentes. Violencia, robos y fugas

Tradicionalmente, los chicos han dado más problemas de conducta que las chicas durante la adolescencia y aún hoy son más frecuentes sus consultas por agresividad en la familia y fuera de ella, fugas, robos o borracheras a solas o en compañía. Sin embargo, no es inusual que también consulten niñas que, superando los límites impuestos por sus familias y los colegios, ponen a prueba la tolerancia de los adultos, les asustan con su atrevimiento y con las consecuencias de sus actos.

En ocasiones, estos jóvenes chocan con la policía y la primera consulta se produce, por ejemplo, tras una detención por robo o después de una intoxicación etílica que les lleva, en coma, al servicio de urgencias de un hospital.

GRUPOS DE RIESGO

Es de todos conocido que hay grupos de mayor riesgo. Entre ellos, el más destacado es el de aquellas adolescentes que se asocian a otros jóvenes que desarrollan conductas sociopáticas: bandas, tribus o grupos ultras que incorporan la violencia a sus actos y usan tóxicos entre sus rituales. Las grandes ciudades han creado en sus suburbios zonas marginales en las que la población joven, una parte de la cual son emigrantes, aunque no exclusivamente, encuentra cobijo.

En otro nivel, se consideran grupos de riesgo los hijos de familias desestructuradas, más presentes hoy en nuestra sociedad; los adolescentes que abandonan los estudios y también aquellos jóvenes que, por enfermedad crónica o minusvalía física o mental, tienen un camino más difícil para llevar adelante su adolescencia.

Por último, existe un grupo pequeño que, sin embargo, genera muchas consultas por el celo de los padres: el de hijos adoptados con problemas de conducta en su adolescencia.

HISTORIAS AL LÍMITE

María, la psicópata

María es traída a consulta por la agresividad que desarrolla en la familia, con ella misma y en su grupo de amigos. Es la mayor de dos niños adoptados. Ella en España, con 3 años, tras ser abandonada por su madre en el hospital donde nació, según dijeron a sus padres. El pequeño, Gustavo, dos años menor, en Perú. El niño es muy guapo y ella obesa, y su relación es problemática desde el principio.

María es una niña madura y muy agresiva en casa y en el colegio; es desobediente y difícil de educar. Aparenta unos 3 años más que su edad cronológica. Viene a consulta por primera vez cuando tiene 7 años y su hermano 5. A Gustavito, un indio precioso de ojos negros y pelos tiesos, ella lo encuentra guapísimo; también su madre.

TABLA XXVIII

DELITOS COMETIDOS, POR GÉNERO

Delitos	*Total* %	*Varón* %	*Mujer* %
Pelea callejera	17,9	27,1*	8,9*
Destrucción del mobiliario urbano	5,7	9,4*	2,0*
Robo de vehículo	0,7	1,3	—
Hurto de objeto a compañeros	5,8	7,7*	4,0*
Robo en establecimiento público	7,1	7,7	6,4
Compra de drogas	7,3	9,2*	5,5*
Venta de drogas	1,3	1,5	1

(J. Aguinaga y D. Comas, *Cambios de hábito en el uso del tiempo*, Instituto de la Juventud, Madrid, 1997.)

El asterisco señala los cambios más significativos.

María fracasa en el colegio privado al que asiste. Es ignorante y utiliza mal las palabras. Nada de lo que le dan sus padres le resulta suficiente: abrigos nuevos que deja tirados e incluso pisa, vacaciones estupendas pensadas especialmente para ellos, un extenso plan de fiestas y juegos en navidades... Por su parte, a Gustavo se le detecta un leve retraso psicomotor que requiere apoyo psicopedagógico. Dejo de ver a María cuando cumple 12 años.

Dos años después, ya adolescente, vuelve a consulta tras irse de casa. Está brutísima, con un alto nivel de agresividad. En el grupo se muestra salvaje con las compañeras. Todo le fastidia y chilla a menudo a sus padres: «Callaos, imbéciles. Me habéis jodido la vida, hijos de puta, me habéis raptado, como tenéis pelas...» Esta idea inamovible, este odio a la familia, era terrible. En la terapia, fui haciendo lo que pude, más bien lo que me dejó. Resultaba difícil que aceptara mi contención y en el grupo se juntaba con otros «cabrones», a los que «daba hostias» con una agresividad llamativa, pero también las recibía.

Con su hermano, mucho menos listo que ella, se lleva a matar. Y me pregunta: «¿Qué error hay en casa? Llaman del colegio por Gustavo, para que mis padres vayan a la comisaría, y dicen que les denunciarán por malos tratos. ¿Qué pasa en casa?» Pues que María había ido a hablar con la directora para contarle que a Gustavo le torturaban y que ella no permitía que lo hicieran. Y, con 15 años, se va a un concierto y ya no vuelve. Amenaza con dejar los estudios antes de acabar la EGB.

María no reconoce la autoridad paterna ni ninguna otra. Conmigo mantiene una relación correcta y a su grupo asiste sin mucha regularidad. No obstante, está segura de que con el tratamiento se pondrá bien. Yo, francamente, tengo mis dudas. Al final, logra mejorar al incorporarse a una escuela de teatro y un grupo terapéutico de adultos, en los que encuentra un lugar para ella. La apoyo en su intento, y también los «cabrones» de sus compañeros le dan su bendición. Poco a poco inicia un proceso de maduración que dura hasta hoy.

No es el primer caso de un hijo adoptivo que desarrolla un trastorno de conducta y se revuelve contra sus padres durante la adolescencia. En algunas ocasiones, la sintomatología adquiere tal intensidad que rompe la capacidad de asimilación familiar y pone en cuestión incluso el propio proceso de adopción, activándose mecanismos de abandono o de evolución que encuentran su contrapartida en el aparente deseo de la adolescente de irse de casa.

María, en medio de su confusión, culpa de todo a sus padres y no puede tolerar su bondad, bondad que a sus ojos les hace aún más sospechosos; por eso llega a pensar que la han secuestrado aprovechando su condición económica. Los padres hacen lo que pueden, seguramente de forma muy torpe, tanto que la propia terapeuta duda de su bondad y llega a pensar mal de ellos. Es natural que en casos así los padres reabran el proceso de adopción y entre ellos discutan la oportunidad de una decisión tomada hace muchos años, sobre todo si uno de ellos ha insistido más que el otro. Pero la historia de María no fue así, y sus padres se mantuvieron unidos frente al intenso desafío de la chica. La resistencia de ambos, en menor grado la participación de María en un grupo terapéutico y la actividad teatral como elección personal contribuyeron finalmente a que la joven se recuperara y tuviera un desarrollo más equilibrado.

No son muchos los casos de hijos adoptados con problemas de conducta en la adolescencia, pero los que existen presentan una gran dificultad. Si ya es complicado para muchos padres hacer frente a la crisis de identidad adolescente de sus hijos, en especial si ésta se transforma en un desafío diario a la paternidad, lo es mucho más tratándose de un hijo o una hija adoptiva. Muchos padres biológicos confiesan sentir ganas de echar a su hija de casa cuando se emborracha repetidamente, roba o cae en la promiscuidad sexual; algunos padres adoptivos confiesan haber pensado en devolverla. Pero si la crisis se resuelve, aunque sea con mucho esfuerzo, es probable que después de ciertos años se produzca una «readopción».

Desde otro ángulo, también para la chica adoptada es difícil resolver su situación de identidad, sobre todo cuando prima la conducta hacia fuera, es decir, hacia los padres, y lo que ello representa. Es tarea del terapeuta ayudarle a interiorizar el conflicto y hacerlo suyo para más tarde resolverlo; y después animarla a readoptar, ella también, a sus padres.

Coral, la fugitiva

Coral, una quinceañera escandalosamente pelirroja, tiene una energía infinita, un amplio vocabulario y una sensibilidad aún no domesticada. Hija mayor de un matrimonio de funcionarios, había vivido una infancia bastante protegida junto a su hermano Álvaro, 3 años menor. Virginia, su madre, también pelirroja aunque no tanto como ella, manifiesta un indisimulado orgullo por esta hija con la que parece identificarse en más de algún aspecto. Eduardo, el padre cariñoso y complaciente, comparte con su mujer esta admiración por Coral, especialmente por lo decidida que la ve, aspecto del que él carece y que no encuentra en ningún otro miembro de la familia.

El último verano, Coral conoce a Jaime y comienza un intenso noviazgo que es motivo de bromas, lo que al parecer no le afecta. En pocos meses se suceden varios hechos: muere un hermano de Jaime por una hemorragia cerebral con apenas 22 años; Coral se ve sacudida por el impacto, aunque conoce poco al muchacho y a sus padres. Un mes después muere, también sorpresivamente, la madre de Virginia, una mujer muy vital con la que Coral había compartido veraneos y vacaciones de navidad.

Coral empieza a dormir mal y presenta síntomas de angustia, mareos y palpitaciones. Es su médico de cabecera quien me la envía, después de descartar alguna enfermedad. Viene a consulta con sus padres, que me ponen al día de los antecedentes. La joven, poco comunicativa, prefiere ceñirse a las molestias físicas que tiene y las atribuye al mal momento que está pasando, sin más explicaciones. Se le prescribe un ansiolítico y se la invita a volver para una nueva entrevista con el fin de revisar el efecto de la medicación y pensar en lo que le ocurre. Como era de esperar, la sintomatología de ansiedad disminuye rápidamente, pero la chica continúa ensimismada, poco comunicativa y escasamente dispuesta a compartir sus preocupaciones.

Pensando en que a lo mejor es conmigo con quien tiene dificultad para abrirse, pido un estudio psicológico a una colega especializada en adolescentes. Un par de días después me llama por teléfono el padre de Coral para contarme, muy alarmado, que su hija ha desaparecido de casa el viernes y que a lunes aún no ha regresado. Durante el fin de semana han preguntado a Jaime, a sus amigas, a las madres de sus amigas..., sin ningún resultado; también había dado aviso a la policía. Les pido que vengan a verme para tratar de entender lo que estaba pasando y discutir los pasos a seguir. Me proponen ir con Jaime, lo que me parece una buena idea.

En muchas ocasiones, cuando una paciente mía se fuga puedo aportar pistas para encontrarla, pero Coral es para mí casi una desconocida. Vienen sus padres por la tarde con Jaime. Entran primero Eduardo y Virginia, muy nerviosos y con signos de alarma en sus ojos. No tienen novedades sobre el paradero de su hija. La madre me explica lo que sabe: «El viernes salió a las 11 de la noche diciendo que se iba con su novio y su pandilla, como otras veces. Iba arreglada, quizá un poco más seria y de peor humor que lo habitual. Cuando nos despertamos por la mañana, comprobamos que no estaba y que no había dormido en su cama. Empezamos a preocuparnos y quisimos llamar a casa de Jaime, pero no teníamos el teléfono. Revisamos su habitación y vimos que faltaba alguna ropa de la que suele usar. Finalmente dimos con el teléfono de unas amigas, pero no sabían nada, no habían estado con Coral la noche anterior ni tenían noticia de ella. En eso llamó Jaime, disculpándose por molestar tan temprano y preocupado, ya que Coral no había aparecido la noche anterior por el lugar en el que habían quedado. Estaba asustado; la veía rara últimamente. Y se asustó más cuando supo que no estaba en casa.»

Les pregunté si les llamaba la atención la actitud de Coral, si era de esperar una conducta así en ella. Ambos padres se apresuraron a negarlo. La madre añadió que estaba aterrada pensando que su hija hubiera hecho algo malo, ya que se la veía muy afectada todavía por la muerte de su abuela y del hermano de Jaime. «Estaba muy rara últimamente —continúa Eduardo—, yo creo que también estaba preocupada por nosotros. Hemos discutido mucho, Virginia desde la muerte de su madre es otra, está rabiosa, sale de casa con cualquier pretexto y cuando me ve terminamos siempre peleándonos; dice que no la entiendo y que nunca la he entendido. Me ha amenazado con irse de casa y dejarme con los hijos; a veces pienso que habla en serio.»

Virginia rompe a llorar, abre el bolso y saca unos billetes de autobús. «Ayer fui a comprarlos, hoy me iba a ir, no aguantaba más. Coral aprovechó para sacar su ropa cuando yo estaba en la estación de autobuses.» Le pregunto sobre el destino de esos billetes. «Son para el pueblo de mi madre, en el norte. Sentía la obligación de ir. Mi marido nunca lo entendería, porque no quería a mi madre como yo y es de los que piensan que debo estar atada a casa.» «¿Vive alguien más de la familia en el pueblo?», le pregunto. «Solamente una hermana de mi madre. Ella y mi madre vivieron siempre juntas, y querían mucho a nuestros hijos, especialmente a Coral por ser la mayor.» «¿No estará allí?», pregunta el padre. Ambos parecen animarse ante esa posibilidad y piden salir a hablar por teléfono.

Entonces hago pasar al novio de Coral con su padre. Está asustado, aunque hace esfuerzos por mantenerse entero en su papel. «Coral andaba tramando algo —opina—. Estaba preocupada por sus padres, decía que se iban a divorciar y que su madre se iría de casa, pero que ella se mataría antes de eso. No sé nada más, pero es capaz de cualquier cosa.»

En la secretaría, los padres de Coral hablan excitados con su hija, a la que han encontrado, y se pelean por ponerse al teléfono. Salen corriendo de la consulta, olvidando allí al joven «yerno» y a su padre. Una vez en la calle, recapacitan y vuelven a despedirse.

Las fugas de adolescentes, que son frecuentes, generan una situación de crisis familiar o son expresión de ésta. Algunas de las jóvenes que lo hacen están muy enfermas, atravesando un proceso psicótico, pero en la mayoría de los casos se trata de la manifestación de una conducta de riesgo, que casi siempre se asume en compañía de otra niña. Hay adolescentes que se fugan muchas veces y otras que no llegan más allá de la casa de una amiga; hay fugas precipitadas y otras planificadas. En cualquier caso, es obligación de la familia pararse a pensar, discutir el tema y pedir consejo.

Alicia y su abrigo de doble fondo

Alicia tiene todo el aspecto de una intelectual, como sus padres, que vienen a mi consulta sin ella. Después de insistirme en que le habían recordado la cita varias veces, pasan a contarme las últimas novedades. «La verdad es que sabemos poco de ella —trata de ironizar el padre—. Hoy quedó en venir y parecía tener interés, pero es muy impredecible. Aparece por casa cuando le da la gana, revuelve el armario de sus hermanas, coge algo de la nevera y se va corriendo. Menos mal que tiene buen carácter y lo arregla todo con una sonrisa. Yo trato de entenderla, leo y estudio todo lo que encuentro sobre su enfermedad, pero cada vez sé menos y me sorprende más.»

El padre de Alicia trata de mantener cierta distancia, aunque se le ve muy preocupado y, según los que le conocen, muy avejentado. «Mi mujer —continúa— está desesperada.» La madre se incorpora en su asiento, levanta la vista tras sus enormes gafas y sonríe asintiendo. «No sólo roba —empieza a decir—, sino que lleva a su hermana para que la ayude. Estoy aterrada, no me lo puedo creer. Era una niña tranquila, más bien tímida, con buen humor, siempre sonriendo. Ahora que sé que roba temo que la pillen, por ella y por la vergüenza que puede pasar, aunque a veces pienso que ha perdido toda la vergüenza. Hace un año se fugó con ese novio que tenía durante una Semana Santa contándome que iba a casa de una amiga. Fue el comienzo. Incluso llamaba para decirme lo bien que estaba y lo amable que era la familia anfitriona. Más tarde viajó al sur, con un pariente lejano nuestro, un hombre de nuestra edad un poco raro. Nunca nos explicamos qué hacía con él, ya que casi no le conocía. No se atrevía a volver y finalmente tuvo que ir su padre a buscarla. ¿Son así todos los casos de bulimia, cambia tanto la personalidad de una chica que para nosotros era bastante normal? Hoy es otra: abierta, excitable, atrevida, insolente... Sigue atracándose, pero parece que con menos intensidad, aunque suponemos que sigue devolviendo. De los estudios no ha vuelto a hablar; sin embargo, con el trabajo que le ha conseguido su padre parece cumplir.» El padre lo confirma.

Alicia viene a su grupo de terapia y entre otras cosas habla de sus robos. «Es morboso, inexplicable. Te sientes viva nuevamente, después de tanto tiempo con una losa encima.» Un compañero le pregunta qué es lo que roba y cómo lo hace, y si no tiene miedo a que la pillen. Alicia, como sorprendida de sí misma, relata que la semana anterior, en unos grandes almacenes, había cogido un jersey para ella, otro para su hermana, unos calcetines, una bufanda, un perfume para su madre y muchas cosas más. Ante las miradas de incredulidad de los otros miembros del grupo, sigue adelante: «Llevaba un abrigo con doble fondo y ahí iba metiendo lo que robaba. Todo era muy rápido, muy excitante. Claro que tenía miedo, soy muy vergonzosa aunque no lo crean.» Alicia es simpática, grande, con un aspecto muy grato; cae bien a sus compañeros, quienes le han escuchado alguna otra vez sus aventuras —contadas siempre desde la distancia, como si se estuviera observando— y quienes saben que tiene un problema serio. Nerviosos, me miran pidiendo auxilio y se vuelven hacia ella con cierta compasión solidaria. «¿Y ahora qué vas a hacer?», le pregunta Javier. Ahora es Alicia quien me mira. «Es un tema que debe trabajar en su psicoterapia individual», concluyo.

Tardó mucho Alicia en superar sus robos y sus fugas, pero lo consiguió después de vivir fuera de casa tres años. Tuvo valor para reiniciar sus estudios y paciencia para acudir semanalmente a su terapia, aunque durante algunos meses faltaba a muchas citas y le costaba enormemente tomar su medicación con regularidad. El apoyo de sus padres fue decisivo. Tras intentar hacerlo todo bien y esperar una rápida normalización, tuvieron que aceptar que Alicia no estudiara, compartiera piso con tres chicos —ninguno de los cuales era su novio, que vivía en otra ciudad—, que les siguiera quitando comida y a veces dinero. Fueron aceptando todos sus problemas, hasta que su hija logró venir a visitarlos, más tarde a charlar con ellos y, por último, a contarles que tanto ella como sus hermanas habían sufrido abusos sexuales por parte de su abuelo.

La bulimia puede conllevar un trastorno de conducta muy importante, que hace saltar por los aires a toda la familia, amén de exponer a la adolescente a situaciones de mucho riesgo. El descontrol de los impulsos la lleva a cometer actos de gran peligrosidad.

Un embarazo-aborto

«Respire hondo, doctor, estoy embarazada. ¿Le sorprende? No se lo creerá, pero lo hemos conseguido. Luis y yo hemos hablado y estamos decididos a quitárnoslo. Somos muy jóvenes para tener hijos. Quiero que me recomiende dónde puedo abortar, tenemos algún dinero preparado para ello.» No me sorprende la noticia, me duele. Mery está completamente desquiciada, un poco eufórica e intranquila. Su tratamiento terapéutico es muy irregular: falta a varias sesiones, aunque siempre avisa. Ha dado un vuelco radical en su vida, ya que hasta ahora era una antiabortista encendida. Por lo general, su relación conmigo es muy buena, aunque hoy está desafiante. Le digo que lo siento, que debe estar pasando por un momento muy difícil. «¿Cómo lo sabes?» Se le humedecen los ojos, pero se repone inmediatamente. Me insiste en que yo no le creía que fuera capaz de embarazarse. Ella había expresado hacía algún tiempo su temor de ser estéril y ahora proyectaba todas sus dudas en mí. Con dificultad pude tranquilizarla. «Debo llamar a sus padres —le dije—, es mi obligación.» «Ellos ya lo saben —me dispara—. Se lo contó mi hermana. Mi madre me llamó de todo y mi padre se calló, como siempre. Al final me dijeron que hiciera lo que quisiera, que para eso era mayor de edad.» La cité con sus padres y le recordé que visitara a su ginecóloga, ya que las únicas pruebas que tenía de su embarazo eran la falta de la regla durante poco más de un mes y un análisis de orina dudoso. Me miró con inocencia: «¿Crees que puedo no estar embarazada?», preguntó con una semisonrisa de esperanza.

Mery tiene un gran descontrol de sus impulsos, algo habitual en las personalidades inestables. Ha pasado intentos de suicidio, ha cambiado varias veces de novio y ha consumido coca. Resulta complicado ayudarla a pensar, y hay que desarrollar mucha paciencia ante su impaciencia.

Las adolescentes con personalidad inestable o *borderline*, como las bulímicas, con las que comparten diagnóstico muchas veces, son pura conducta, sentimientos y conducta. Viven al límite, apurando hasta el fin esa forma de vivir. Con sucesivos altibajos, pueden ir avanzando lentamente hacia una madurez que, si llega, llega tarde. Existe hoy cierto acuerdo respecto al aumento de la frecuencia de estas personalidades. El profesor Jean Bergeret, especialista en estos temas, lo explica como una consecuencia lejana de la forma de criar a los niños en las últimas décadas; niños criados *en serie* para cumplir los requisitos, primero de los pediatras y, en segundo lugar, de la sociedad. Esta búsqueda de estar a la altura de lo que se pide repercute peor en las niñas, ya que por su temperamento se amoldan mejor, cumplen con éxito la tarea de desarrollarse hacia fuera y dejan poco a poco de ser ellas mismas. Cuando llega la adolescencia, se descompensan ante tanta exigencia.

15. Las drogas y el alcohol

UN MUNDO LLENO DE DROGAS

«Padre, debes hacerte a la idea de que el mundo está lleno de drogas, vayas donde vayas: en la discoteca, en el instituto, en el gimnasio... Yo no sé cómo sería en tu época. Sabes que yo no consumo, que incluso soy antidrogas, pero tengo que vivir en este mundo y no me puedo quedar encerrada en casa para que tú estés tranquilo.»

TABLA XXIX

PORCENTAJE DE JÓVENES QUE HAN CONSUMIDO ALGUNA DE LAS SIGUIENTES SUSTANCIAS

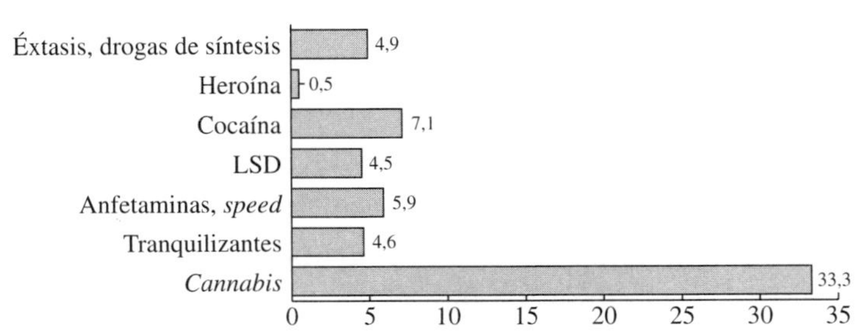

(J. Elzo y otros, *Jóvenes españoles 99*, Fundación Santa María, Madrid, 1999.)

Estas palabras de Susana aluden a un hecho bien conocido hoy: diferentes drogas están a disposición de los jóvenes y al alcance de sus economías, al menos para probarlas. Esta situación ya endémica no parece que tienda a modificarse. Aprender a vivir sin caer en la droga es un desafío de todo adolescente, y la mayoría lo consigue; sin embargo, una parte las prueba, otros las consumen ocasionalmente en un peligroso coqueteo y una minoría importante se vuelve adicta, en una escalada que puede ser tremendamente nociva.

Maribel, una chica problemática

A Maribel la atendí cuando tenía 12 años por diferentes asuntos que preocupaban a sus padres. Tímida y retorcida, con un rendimiento escolar bajo, era la más complicada de tres hermanas —ella la mediana—, la única que había dado problemas desde pequeña. Dormía mal, comía peor y parecían afectarle más todas las cosas normales. Establecimos una buena relación basada en que yo la escuchaba y ella se sentía entendida, aunque su discurso era una sostenida queja de sus padres, de sus hermanas y de sus compañeras de colegio. Nadie parecía valorarla y todos aparecían como beneficiarios de privilegios que a ella le correspondían.

Tampoco ella se valoraba, pero no podía invertir la situación y era incapaz de ver que el conflicto radicaba en su enorme necesidad de ser atendida constantemente. Sin embargo, salió del atasco de sus 12 años y pareció recuperar la adolescencia después de trabajar unos meses en un grupo terapéutico; pero se retiró antes de tiempo y fue imposible conseguir que continuara su tratamiento.

Seis años después, sus padres me piden una cita para hablar

de ella, advirtiéndome que Maribel no quiere verme. Están muy preocupados porque su hija no va a clase en la facultad, ha cambiado de amistades, está rara y especialmente agresiva con ellos. Cuando la llaman sus amigas del colegio, se niega a ponerse al teléfono, y últimamente come con voracidad aunque pierde peso aceleradamente. Tiene un novio que no gusta nada a los padres. Les parece un chico muy raro y saben por ella que consume drogas, «sólo canutos de marihuana». Cuando la madre encuentra unas papelinas sospechosas en la habitación de Maribel, surge una descomunal pelea y la joven desaparece de casa durante una semana.

La madre de Maribel sospecha que está consumiendo drogas; más que sospechar, está aterrada. Su forma de comer le hace pensar en una bulimia con vómitos, aunque no recuerda haberla sorprendido vomitando ni tampoco quitando comida. Yo comparto su preocupación, ya que la historia de su hija era perfectamente compatible con el consumo de drogas y con un trastorno alimentario. Lo importante es que se dejara ver, incluso por otro profesional que ella encontrara más neutral, aunque yo no mantenía con sus padres ninguna amistad. Les sugiero que la lleven a un médico internista que, ocasionalmente, la ha tratado por sus molestias digestivas, dado que es preciso descartar una diabetes, enfermedad de la que había muerto su abuelo y que padecían dos hermanos del padre.

Maribel acepta esta opción y establece una adecuada relación con el médico, lo cual permite a éste realizar un estudio médico completo que descarta cualquier enfermedad metabólica. La joven no le habla de su consumo de tóxicos, pero admite someterse a un tratamiento psicoterapéutico ya que dice estar «muy confundida, rabiosa y con los nervios en tensión». Tras algunas consultas con la psicóloga, el doctor pide una determinación de tóxicos en orina; el análisis da positivo en el consumo de opiáceos. Al explicarle los resultados, Maribel rompe a llorar y le confiesa que en los últimos seis meses ha inhalado heroína. Con sus padres es más explícita y les confirma que ella y su chico, así como los amigos con los que salen, esnifan prácticamente a diario.

La familia, que recibe muy poca ayuda, afronta el síndrome de abstinencia de Maribel en casa. Recuerdan esos días como espantosos. Finalmente, la joven acepta ir a una residencia para toxicómanos en otra comunidad autónoma, y comienzan así un par de años de grandes sufrimientos, tanto para ella como para sus padres, que han de integrarse en el programa de tratamiento.

Hoy Maribel está de alta, trabaja y vive por su cuenta, y continúa sus controles en un centro especializado. Sus padres aún temen que pueda recaer, aunque el paso del tiempo les hace estar cada vez un poco más confiados. Sin embargo, les acompaña el recuerdo de lo solos y desasistidos que se sintieron en los primeros momentos, de lo difícil que les fue encontrar un sitio en el que recibieran a su hija, de los altos costes del tratamiento y, también, de lo orgullosos que se sienten de su hija, de sus hermanas y de ellos mismos por haberse mantenido unidos y con ánimos frente al problema.

La asistencia a toxicómanos quedó fuera del sistema nacional de salud hace dos décadas, cuando aumentó su consumo. La atención quedó entonces en manos de iniciativas particulares y, posteriormente, regionales, que con mucha dificultad han ido creando una red de servicios insuficiente que ha dejado como secuela mucho dolor y varias muertes prematuras. A diferencia de otras enfermedades, cuando se descubre que una hija o un hijo están «enganchados», rara vez se encuentra en el médico de cabecera o en el hospital el camino hacia un tratamiento adecuado.

EL ALCOHOL, UNA DROGA EN ALZA

El alcohol es la droga que más se consume en España. Dado que no es cara y que se consigue con facilidad, el 90 por ciento de los adolescentes ya lo consumen hacia los 18 años. En Estados Unidos se calcula que unos 4,6 millones de adolescentes entre los 14 y los 17 años de edad tienen problemas con el alcohol. Los accidentes de tráfico causados por la conducción bajo influencia del alcohol son la principal causa de mortalidad en el grupo de chicos entre 15 y 24 años de edad.

El aumento del consumo de alcohol en adolescentes mujeres a lo largo de las dos últimas décadas es muy llamativo y suscita preocupación en nuestro medio.

Aurora, la borrachita

Aurora es una joven grande y bella, con una espectacular melena rubia que le llega casi hasta la cintura; pero por dentro es una niña de 11 años, que se ve físicamente horrible e intelectualmente torpe. Intenta desesperadamente caer bien, incluso seducir a algún chico, sin ninguna esperanza. Sus padres, mayores y muy serios, formales, como escapados de otra época, viven asustados por el comportamiento de la niña. Hacen su primera consulta a petición del padre, quien, instalado en la sala de espera de mi consulta con un aspecto muy sombrío, me anuncia que tiene un problema muy grave y que no puede esperar.

Cuando lo recibo, con aspecto desencajado me cuenta que a su niña la han llevado en coma a casa el sábado pasado. Cree que fueron unos chicos los que la dejaron inconsciente sobre un banco de la calle a las 6 de la mañana. Afortunadamente, el hijo de un vecino la había reconocido llegando a casa y había llamado al timbre. «La llevamos de inmediato a urgencias, donde necesitó cuidados especiales hasta reanimarse, casi 12 horas después.» En el informe médico podía leerse: «Paciente de 15 años ingresada inconsciente con olor etílico, sin señales de lesiones externas.» Realizado el estudio clínico de rutina, se le diagnosticó una intoxicación con etanol y precoma tóxico. Aurora responde bien a las medidas habituales y, al recuperar su nivel de conciencia, dice no acordarse de nada. El padre, muy afligido, relata que la joven ha empezado a salir desde el último verano, cuando en la playa donde suelen veranear hizo un nuevo grupo de amigos. A ellos no les gusta tanta salida, pero cuando así opinan son rápidamente descalificados por su hija y también por otros padres, que les recuerdan que esa forma de salir, hasta tan tarde y con gente que no conocen bien, es algo normal en la juventud. En más de una ocasión, a los padres les da la impresión de que Aurora ha bebido; especialmente su madre está preocupada, insistiendo en que ha llegado a casa tambaleándose. La joven niega una vez más que exista algún problema, aduciendo que bebe en cantidades normales.

En septiembre, al volver a Madrid, continúa saliendo con la misma gente y sus padres se sienten incapaces de frenarla. Le hacen advertencias para que no beba ni acepte drogas de extraños, recomendaciones que la chica se toma con humor. La semana anterior a su ingreso en urgencias, llega también borracha. Dice el padre: «Me encontré con ella en el pasillo, apestaba a alcohol y no se le entendía lo que decía. No pude contenerme y le di una bofetada en la cara, una bofetada tremenda, que no le había dado nunca. Me miró burlona. Entre su madre y yo la desnudamos y la metimos en la ducha. Mi mujer lloraba y me decía una y otra vez: "Igual que Fina." Fina es su hermana, alcohólica desde hace muchos años, una desgraciada, la pobre, que se ha arruinado física y moralmente.»

Cuando Aurora viene a consulta parece avergonzada, consciente del motivo de la entrevista. Le cuesta mucho establecer un mínimo de confianza y confirmar con su relato algunos de los datos aportados por los padres. Al principio niega tener problemas con el alcohol; reconoce haberse emborrachado en varias oportunidades, pero insiste en que eso es lo que hacen todas sus amigas. Pero más tarde se siente segura y, con cierto desenfado, explica: «Se trata de coger un punto, todos lo hacen; así te alegras y desaparecen los malos rollos. Yo me siento tan distinta, hasta divertida; yo, que tenía complejo de tímida, me doy cuenta de que estoy a gusto con los chicos; yo, que antes me escondía...» Le hago ver que el alcohol tiene un efecto desinhibidor y hasta cierto punto euforizante, lo que la hace ser tan popular en una fiesta o en una reunión de amigos, pero que me da la impresión de que ella va más lejos que ese «punto» y que se intoxica más profundamente. Parece pensarlo, duda y, cuando creo que me va a descalificar, dice: «No soy la única, si usted lo viera... Yo creo que hay gente que bebe para emborracharse. No se lo creería, pero a cierta hora todo el mundo está echando la pota, especialmente las tías, y más de alguno anda dormido y completamente zombi. En el verano tomábamos el botellón en la playa y aquello parecía el final de una guerra, con gente tirada por todos lados.»

Le comento que algo he leído sobre el tema y que me ha tocado atender a algunos chicos con problemas alcohólicos. «Lo raro es que sean chicas», le comento. Y me corrige de inmediato: «Las tías somos peores. Yo creo que competimos por echar la pota antes o quedar como pajaritos. Es curioso cómo van cambiando las cosas...» Parece ahora más interesada en el asunto, como si fuera una informadora y yo un adulto ignorante. «No soy la única que han llevado al hospital. La verdad es que de mis amigas soy la última, la más resistente —se jacta—. Los chicos, los que van con nosotras, están mosqueados y nos han dicho de todo; nos han amenazado con irse con unas tías menos borrachas. Ellos son los que nos han llevado a casa y están furiosos.» Le pregunto si ellas, particularmente ella, están también preocupadas, ya que da la impresión de que algo se les está escapando de las manos. «Nosotras pensamos que exageran, que antes, cuando los tíos se emborrachaban y cogían unos pedos ridículos, nadie se preocupaba, ni ellos mismos.» Le agradezco la información y la invito a venir otra vez para que me siga «instruyendo». Acepta de mejor gana de lo que yo esperaba y una semana después vuelve a la consulta.

Para Aurora, el consumo de alcohol es un elemento novedoso en su vida, que la reafirma en su condición de chica como las demás. No ve ninguna contradicción consigo misma ni piensa que ella pueda ser más vulnerable. Entiende como natural la oposición y la alarma de sus padres, ya que «todos los padres son iguales y los míos más exagerados». Prueba de ello, dice, es la bofetada y la ducha fría que le dieron. Además, el último fin de semana no la han dejado salir y el próximo puente piensan llevarla al pueblo.

El inicio del curso centra un poco a Aurora y las borracheras se hacen más espaciadas. Nunca bebe sola, sino exclusivamente cuando sale con sus amigos del verano. Entonces empieza a beber y no para hasta estar intoxicada. Sus amigas, asustadas, le dicen que debe controlarse, y ella toma mal este comentario, como una prueba de envidia y de falta de arrojo. Los chicos con los que va, e incluso Nacho, su novio, dejan de juntarse con ella. A pesar de eso, tarda aún un tiempo en individualizar su problema y en aceptar participar en un grupo de autoayuda para jóvenes alcohólicos.

De los miles de jóvenes que empiezan a beber, una pequeña parte cae en dependencia. Este patrón social de emborracharse

TABLA XXX

SIGNOS DE ALCOHOLISMO EN ADOLESCENTES

Sociales/psicológicos	*Comportamiento escolar*	*Físicos*
1. Le cambia la personalidad cuando bebe. 2. Tiene lagunas o amnesia temporal durante o tras haber ingerido alcohol. 3. Pierde el control sobre la bebida. 4. Bebe en mayor cantidad que los amigos y más a menudo. 5. Bebe por la mañana para superar los efectos de la resaca. 6. Sufre detenciones relacionadas con la bebida. 7. Mantiene una posición defensiva frente al consumo de alcohol. 8. Le obsesiona la consumición de la siguiente copa. 9. Bebe antes de ir a una fiesta. 10. Tiene remordimientos por el alcohol. 11. Pelea cuando está bebido. 12. Miente y busca coartadas o excusas para justificar su conducta.	*Asistencia:* 1. Falta a clase los lunes por la mañana. 2. Llega tarde después de comer. 3. Los viernes abandona las clases pronto. 4. Sus ausencias son frecuentes. *General:* 1. Trabaja por debajo de sus posibilidades. 2. Muestra falta de equilibrio entre la agresividad y la pasividad cuando participa en clase. 3. Bebe en el colegio y esconde el alcohol en el armario. 4. Alaba la bebida. 5. Le huele el aliento a alcohol. 6. Cambia a menudo de grupo de amigos. 7. Se duerme durante las clases. 8. Tiene problemas de distinto tipo en el colegio.	1. Cambia su tolerancia al alcohol, tanto para soportarlo mejor como peor. 2. Tiene resacas. 3. Pierde o gana peso de forma muy notable. 4. Sufre pequeñas lesiones en repetidas ocasiones. 5. Sexualmente es más activo que el término medio de sus compañeros. 6. Las características de las fases finales son obvias y trágicas: — Borracheras prolongadas. — Temblores físicos. — Alucinaciones. — Delirios. — Convulsiones.

(Adaptación del cuadro elaborado por el National Council on Alcoholism of San Fernando Valley, California, y tomado de L. S. Neinstein, *Salud del adolescente*, Prous, Barcelona, 1991.)

los fines de semana es especialmente peligroso. En la actualidad, el abuso de alcohol afecta a una parte significativa de los jóvenes. A mayor cantidad de chicos y especialmente chicas expuestos a esta situación de riesgo, mayor será la cantidad de casos clínicos y de accidentes derivados de la intoxicación. Este fenómeno en alza parece afectar a grupos de todas las condiciones sociales. Cuando la ola expansiva les alcanza, los adolescentes con una predisposición biológica —hay otros casos de alcohólicos en la familia— que, además, están pasando por un mal momento emocional —algo nada extraño en los adolescentes—, pueden verse tentados por el consumo de alcohol, un problema capaz de crecer y de acompañarles a lo largo de toda la vida.

Ahora bien, si este trastorno se aborda en sus primeras etapas, tiene un pronóstico favorable, siempre y cuando se cuente con el apoyo de la familia y de la red social de amigos, ambos absolutamente necesarios.

TABLA XXXI

CUESTIONARIO DE DETECCIÓN DEL ALCOHOLISMO

1. ¿Ha sentido alguna vez que tiene que disminuir su consumo de bebidas alcohólicas?
2. ¿Le han molestado otras personas criticando su manera de beber?
3. ¿Ha tenido algún sentimiento de culpabilidad o se ha sentido mal a causa de su forma de beber?
4. ¿Se ha tomado una copa por la mañana, antes de comenzar sus actividades, para calmar sus nervios o librarse de una resaca?

Dos respuestas afirmativas o más se consideran un signo de probable alcoholismo.

(J. A. Ewing, «Detección del alcoholismo. El cuestionario CAGE», *JAMA*, 1985, 252:14.)

16. Una sociedad multirracial

España tiene aún una población inmigrante escasa —las cifras se acercan al 2 por ciento— comparada con la de otros países europeos —9 o 10 por ciento—. Esta situación está cambiando aceleradamente y es muy probable que las nuevas generaciones tengan que compartir pupitre, lugares de diversión y amistades con niños y adolescentes provenientes de muchos países. Una parte de ellos serán europeos, pero la mayoría vendrá del continente africano, de América Latina y, en menor grado, de los países asiáticos.

Este fenómeno es ya evidente para una parte de nuestros jóvenes, especialmente aquellos que viven en grandes ciudades. Hay barrios donde se concentra un elevado porcentaje de inmigrantes, centros de estudios que afrontan con dificultad este nuevo desafío, y centros de salud y hospitales donde es frecuente encontrarles. Para todos es una situación nueva, y aunque la mayoría de la población, y en especial los adolescentes, se considera tolerante y no racista, empiezan a observarse conductas de rechazo precisamente en ciertos grupos juveniles que, por el momento, representan sólo una minoría beligerante.

Muchas veces se olvida que los muchachos y muchachas extranjeros también están viviendo por primera vez la experiencia de intentar vivir entre nosotros.

Fátima tiene 14 años y es hija de un sirio y una española. Se debate entre la lealtad al padre y a la madre, a quienes ve en una crisis conyugal de difícil arreglo. Su anorexia, muy intensa, parece ser una mala solución para retener al padre. En una primera etapa justifica su forma de alimentarse como expresión de rechazo a la comida española; su deseo es comer como lo hacían en casa de su abuela paterna. Pero ante la evidente pérdida de peso, insiste en la compañía de su padre, a quien obligaba a permanecer junto a ella. Siente terror a que se escape. En ambas etapas, el padre actúa involuntariamente como cómplice. Manda preparar comidas de su tierra que la hija apenas prueba y, más tarde, permanece mucho tiempo con ella sin conseguir que se alimente. Le promete llevarla a casa de su abuela si mejora, estímulo también infructuoso. La enfermedad se hace cada vez más intensa.

Aprovechando unas vacaciones, la lleva con los abuelos. Tras una semana negándose a comer, Fátima debe volver a Madrid para ser hospitalizada. Todos los esfuerzos realizados por el padre se frustran, y sólo cuando logra ponerse de acuerdo con la madre para hacer un frente común en el cuidado de su hija, el tratamiento empieza a funcionar.

Como conclusión podemos decir que el proceso adolescente de Fátima se interrumpe y se convierte en una enfermedad cuando se intenta detener su integración en esta sociedad y, por tanto, el desarrollo de su identidad como inmigrante.

Alicia es peruana y tiene 15 años. Morena, de aspecto agradable, con unos enormes ojos negros y rasgos inequívocamente indígenas, se siente española y niega su origen aduciendo que vive en Madrid desde que tenía un año. Cuando sus padres, profesores ambos, la acompañan a algún lugar, se siente incómoda con su presencia y tiende a descalificarlos. Es sociable, cariñosa y hace relaciones con facilidad.

Sin embargo, desde que cumplió los 13 años bajó su rendimiento escolar y se juntó con los peores jóvenes del barrio. En poco tiempo se ha hecho consumidora de *cannabis* y con demasiada frecuencia ha llegado borracha a casa. La traen a urgencias después de una fuga de varios días de la que vuelve en un estado lamentable. Sucia, con el pelo desgreñado y la ropa rota, aparece tirada en la acera de su casa. No está borracha ni intoxicada por drogas; tan sólo permanece en silencio y se niega a hablar.

Alicia no se muestra interesada en ningún tipo de ayuda y menos aún en relatar lo que le ha pasado. No se la apremia para que cuente la historia de su fuga, pero se realiza una valoración médica completa que incluye un estudio de los tóxicos que pudiera haber tomado y de posibles complicaciones ginecológicas. Tras varios días de ingreso hospitalario se siente más tranquila y puede vincularse a una de las psicólogas del equipo, con la que poco a poco establece una relación terapéutica. Tratándola con mucho respeto, y dadas sus dotes empáticas e intelectuales, logra ir saliendo de su situación y abriéndose a nuevas relaciones. Continúa sus estudios, acepta el tratamiento y, ante la disyuntiva de elegir vivir con su familia o en una institución, opta por lo primero. Su posterior evolución muestra que hizo bien.

Fátima y Alicia representan a muchas niñas extranjeras criadas en Madrid. Cuando llegan a la adolescencia y empiezan a preguntarse quiénes son, tienden a confundirse y entender su diferencia como algo *excluyente*, lo que las lleva a renegar de sus padres sin poder identificarse con sus iguales de generación. Jóvenes como Fátima y Alicia son más vulnerables y, por tanto, requieren una atención especial de sus educadores, así como apoyo psicoterapéutico en muchos casos.

BÁRBARA E IRENE

Bárbara tiene ahora 22 años y una pequeña hija, Margarita, que es idéntica a ella. Ambas son un torbellino. Bárbara es la tercera hija de un matrimonio de clase media. Desde su infancia es atolondrada, divertida y muy atrevida; sus hermanos, por el contrario, son formales y estudiosos. Joven rebelde, inconstante y desordenada, parece estropear la buena fama que su familia tiene en el colegio. El cambio de centro no mejora su trayectoria.

Durante su adolescencia, sale sin parar y sin límites, haciendo caso omiso a las reprimendas de sus padres. Con sucesivos novios, su estado habitual es *ser pareja de* alguien. Tiene éxito con los chicos y vive intensos amores. Isaac, uno de ellos, es para Bárbara algo especial. Hijo de una familia adinerada, con buena presencia y muy creído, la hace madre con 19 años; poco después vuelve a su ciudad de origen y deja de interesarse por Bárbara y por el bebé. La familia de Bárbara acusa el golpe y, como solución, le alquila un piso para que viva allí con su hija.

Bárbara entonces se descontrola y empieza a salir sin freno. Son los abuelos quiene cuidan de la niña. En un momento de mayor lucidez, empieza a trabajar como dependienta en una tienda de ropa y descubre su habilidad para vender. Poco después conoce a Ibrahim, un argelino de poco más de 30 años, comerciante de bisutería, con el que inicia una relación que parece estabilizarla. Los padres piensan que se trata de otra locura de Bárbara, de una nueva manifestación de su baja autoestima.

La serenidad y sobriedad de Ibrahim parecen calmar y centrar a la muchacha. Se convierten en socios en el negocio y también en pareja, y sin aceptar ningún apoyo económico de la familia, incluso se hacen cargo de Margarita. La diferencia social y de cultura es evidente, pero ambos se complementan. Yo también me preguntaba cuánto tiempo duraría dicha relación.

Dejé de atender a Bárbara hace un par de años. En una visita reciente me confirmó que seguía bien y tranquila. La acompañaba Ibrahim, quien se quedó jugando en la sala de espera con Margarita.

No es infrecuente que las chicas que establecen una relación sentimental con jóvenes inmigrantes sean aquellas que tienen más problemas para hacer amistad con chicos de su generación. La opinión de los padres de Bárbara acerca de su pobre autoestima y, en consecuencia, su emparejamiento con un modesto «comerciante callejero para más inri argelino» no sólo no es descabellada, sino también compartida por otros padres. Forma parte, pues, de esa nueva realidad en la que vivimos.

Irene es una chica difícil, seria, arisca y desconfiada, con escasísimas amistades, entre las que no hay ningún amigo varón. Vive amargada por una situación familiar difícil, en la que destaca una madre eternamente deprimida —con la que a disgusto se identifica— y un hermano subnormal y violento. Ella se define como «resentida, insegura, abominable y con mala leche», pero a lo largo de su psicoterapia va descubriendo otras facetas de su personalidad más lúdicas, risueñas, aventureras y hasta cierto punto transgresoras.

Va mejorando lentamente sus notas escolares, muy abandonadas desde que cumplió 14 años y hace algunas amistades, pocas y raras: un amigo afectado y muy arreglado —para ella «un mariquita»— que se interesa por ella y la invita a salir; un profesor de Psicología un poco chiflado —un «geta inmaduro», según Irene— con el que se atreve a mantener relaciones sexuales... «Todos impresentables —ironiza— y ninguno como para que se enteren en casa.»

TABLA XXXII

QUÉ OPINAN LOS JÓVENES ESPAÑOLES SOBRE LA PRESENCIA DE EXTRANJEROS EN NUESTRO PAÍS (COMPARACIÓN CON JÓVENES EUROPEOS)

	Jóvenes españoles %	*Jóvenes europeos* %
No hay muchos	17	8
Podríamos convivir con más	4	4
Hay muchos, pero no demasiados	26	24
Hay demasiados	14	28
Hay demasiados que vienen de países fuera de España	8	16
Hay demasiados que vienen de países pobres de Europa y otros sitios	9	15
En la población (española) ha habido siempre gente de ascendencia extranjera	5	18
Su presencia da fuerza a nuestro país	6	10
Estoy contento de que vivan (en España)	16	15
Son miembros de pleno derecho de nuestra sociedad	9	13
Deben tener los mismos derechos que los ciudadanos (españoles)	28	23
Todos deberían ser devueltos a su país de origen	3	9
No sabe	8	6

(European Commission, *Young Europeans*, 1997.)

En verano Irene se va de vacaciones a Londres y allí sostiene un intenso romance con un coreano que sabe menos inglés que ella. Durante el curso vuelve a su soltería, pero al verano siguiente se desquita en un horrible pueblo de la América profunda, donde liga con un joven negro que trabaja en una gasolinera. Más tarde, ya en Madrid, repite con un árabe y aún hoy no encuentra el momento para buscar un novio español.

Como ha recuperado el humor, dice «estar especializada en raros y en representantes de otras etnias... todas estas etapas para llegar a un italiano, que son los que de verdad me gustan».

Bárbara e Irene no representan a la totalidad de chicas que forman parejas mixtas; probablemente, ni siquiera a la mayoría. Este tipo de relaciones aumentan en verano, con visitantes y turistas de todas las nacionalidades que vienen a España o yéndose a estudiar al extranjero, viajando en tren por Europa, etc. Las que sobreviven al mero encuentro ocasional representan otro aspecto de la nueva realidad a la que ya nos hemos referido.

CUARTA PARTE

17. Ser padres de adolescentes

TRES GENERACIONES

Como afirma el profesor Jeammet en su libro *Adolescences*, los adolescentes actuales constituyen la primera generación que tiene padres, abuelos e, incluso, bisabuelos. El aumento de la esperanza de vida hace factible este fenómeno, así como la posibilidad de que interactúen entre ellos.

Los abuelos, y por descontado los bisabuelos, son de antes de la llegada de la televisión, los ordenadores, los teléfonos móviles, las lavadoras, los videos, los frigoríficos, el microondas, la educación mixta, internet, los divorcios, las familias monoparentales..., antes de todo aquello que forma parte de la vida de un adolescente hoy y que sus padres han ido incorporando a sus vidas paulatinamente. Una parte de las familias mantiene aún suficiente cohesión como para sobrevivir a esta avalancha de cambios. Hay abuelas conectadas a internet, aunque las más piden ayuda a sus nietos, y otras, quizás la mayoría, renuncian a ello y mantienen sus viejos usos. Los padres de adolescentes, a medio camino, tratan por ejemplo de negociar la hora de llegada a casa cuando sus hijas salen por la noche.

TABLA XXXIII MOTIVOS MÁS FRECUENTES DE DISCUSIÓN CON LOS PADRES, SEGÚN LOS JÓVENES, POR GÉNERO			
Motivos	*Total* %	*Varón* %	*Mujer* %
Salidas nocturnas	30,4	26,4	34,6
Estudios	28,5	31,8	25
Hora de levantarse	25,4	25,1	25,8
Dinero	26,6	26,8	26,4
Tareas domésticas	38,8	38,2	39,4
Política	5,5	5,9	5,1
Religión	6	6,3	5,7
Alcohol	13,1	16,61	9,3
Amigos	9,1	10	8,2

(J. Elzo y otros, *Jóvenes españoles 99*, Fundación Santa María, Madrid, 1999.)

Como puede verse, el primer motivo de discusión para las chicas —39,4— es el trabajo doméstico, pero también para los varones —38,2—, seguido de las salidas nocturnas.

LA ADOLESCENCIA, UNA ETAPA QUE SE OLVIDA CON FRECUENCIA

Los padres recuerdan con precisión detalles de su infancia, memoria que se hace más nítida cuando se convierten en abuelos; sin embargo, de la adolescencia recuerdan poco hasta que... tienen hijos adolescentes. Para muchos es como si esta etapa no se hubiera vivido y raramente encuentran razones para explicar lo que vivieron. Cabría pensar que una época tan cargada de emociones y cambios deja una profunda huella, pero es difícil encontrar palabras para traer al presente estos recuerdos.

Los adolescentes tienen la enorme habilidad de tocar temas que los padres intentan olvidar, despertando así su sensibilidad. Esto les empuja, muy a su pesar, a volver a su propia adolescencia, dando pie a que se desencadenen procesos idénticos a los ya vividos cuando eran jóvenes. Una vez en su pasado, recuerdan a sus padres para usarlos de modelo o, por el contrario, para «sufrirlos» otra vez.

Nuria y los yugoslavos

Pepe y Julia se han ido de vacaciones a la Costa Brava y han conseguido que sus hijos, Nuria y José, les acompañen. Vuelven a San Feliú después de cuatro años de veranear en el norte, donde esperan sobre todo descansar. Los adolescentes han protestado lo suyo por el empeño de su padre de hacer pesca submarina este verano, algo que nunca había hecho. Julia, por su parte, hace tiempo que no le lleva la contraria.

Como los dos primeros días llueve, Nuria y José protestan todavía más y amenazan con volverse a Madrid. Pese al clima, insisten en salir por la noche y conocer el ambiente. El plan les parece a todos razonable, y padres e hijos salen de forma separada. No se ven hasta la comida del día siguiente. Los chicos se muestran muy contentos y excitados. «El ambiente de San Feliú es fenomenal, además hemos conocido a un grupo de yugoslavos estupendos», dice José. Su hermana insiste en lo guapos que son y él en lo simpáticos y abiertos. Para asombro de los padres, cuentan que se han entendido perfectamente mezclando palabras en inglés, francés e italiano; Julia y Pepe desconocían la habilidad de sus hijos para los idiomas, más aún cuando siempre se habían negado a ir a Inglaterra para aprender inglés. Lo de los yugoslavos también les llama la atención, ya que tras las últimas guerras parece difícil encontrar serbios o bosnios en la Costa Brava. «Serán croatas», insinúa el padre.

Sin embargo, los jóvenes insisten en la nacionalidad yugoslava de sus nuevos amigos y Nuria, más explícita, vuelve a comentar «que están buenísimos». Pepe recuerda que antes solían venir nórdicos. «Nórdicas», puntualiza Julia. «Sí, estaban buenísimas», continúa el padre un poco molesto.

En los días sucesivos, Nuria se enamora perdidamente de Ivo, uno de los yugoslavos, que finalmente era croata. Le piden a José que cuide de su hermana, tarea que no parece entusiasmarle; cuando su padre le insiste en ello, se molesta diciendo que él no es un chivato. A los padres se les acaba la tranquilidad y empiezan a vivir sobresaltados. En uno de sus paseos sorprenden a los hijos en la playa en un corro de gente; Nuria e Ivo, abrazados, un poco alejados del grupo. Mantienen el tipo y, a la hora de comer, les hacen las típicas y sabias recomendaciones, que suscitan la burla de sus hijos. Es Pepe —toda su vida un hombre tolerante y progresista— quien empieza a manifestar su temor por la sexualidad de Nuria, utilizando amenazas encubiertas y hasta ciertas expresiones con connotaciones racistas. Su mujer, al principio, se ríe también de él, pero posteriormente le regaña seriamente.

Una noche que sus hijos no regresan, Pepe se va a la playa a buscarlos. Linterna en mano, se dirige al sitio donde sabe con seguridad que los encontrará. No se sorprende al ver a Nuria abrazada con su croata bajo una manta, pero sus gritos, algunos de ellos en inglés, son más fuertes que el sonido del mar y también inquietan a otras parejas, que protestan mientras los jóvenes se dan a la fuga. Pepe no puede alcanzar a su hija, pero sí comprobar que no lleva ropa. Derrotado, compra una botella de wkisky y regresa a casa con Julia. Juntos recuerdan los años que hace que no vienen a la Costa Brava y cómo la última vez que estuvieron, siendo aún unos chavales, el padre de Julia los sorprendió follando también con una linterna, y tampoco pudo pillarlos. «Al menos no éramos yugoslavos», concluye Pepe.

Los padres de hijos adolescentes se encuentran ante diferentes alternativas. La primera es «hacer el indio», o sea, vivir nuevamente la adolescencia en competencia con sus hijos, justificándose con el eslogan de que aún son jóvenes —algo que es cierto—, siendo colegas de sus hijos y usando su mismo lenguaje y vestimenta. Si los hijos salen, ellos también; si los hijos ligan, ellos también; si consumen *cannabis*, ellos más. Una estrategia ridícula pero no por ello infrecuente.

Una segunda alternativa es imitar a sus padres, a los que tanto han criticado, añorando posiciones autoritarias que, por supuesto, los abuelos desmienten. Así, una hija se entera de lo estricta que fue la disciplina del abuelo para su padre o la de la abuela para su madre, y de esos castigos ejemplares que, como el tiempo ha demostrado, estaban llenos de sabiduría. A la adolescente le cuesta creer que su dulce abuela tuviera tanta energía como para lograr que su madre se comportara correctamente o que su padre se reformara a tiempo y de golfo pasara a buen estudiante. Y a los padres de los adolescentes les sorprende hablar tan bien de sus propios padres, asignatura pendiente que algunos tenían reservada para después de su muerte. Sin embargo, a veces la «imitación» es negativa y se busca precisamente lo contrario —algo que parece fácil y en realidad no lo es tanto—: no ser como sus padres, a quienes prácticamente repudiaron en su adolescencia porque les hicieron la vida imposible con su rigidez o beatería, o les dejaron en la calle o en casa de una tía, ya que estaban dedicados a su trabajo o a sus cosas. El recuerdo de esta dura experiencia justifica la sobreprotección o el abandono, según cómo se haya vivido la historia.

Por último, una tercera opción es reafirmarse en la posición de adultos que han asumido su propia adolescencia y su propia historia. Es la vía más elegida, aunque no siempre la más fácil.

LA GENERACIÓN *SANDWICH*

Los padres de adolescentes suelen sentirse exigidos y comprometidos con sus hijos y, a la vez, con sus propios padres. Como hoy se vive más y los hijos viven más tiempo en casa de sus padres, esta situación encuentra a los que tienen entre 35 y 45 años en la mitad de su existencia, a diferencia de las generaciones precedentes, que para entonces ya habían recorrido dos tercios de su vida. Incluso habría que presisar más: ahora se inicia en la mitad del recorrido y se prolonga hasta los dos tercios, es decir, empieza antes y termina después. Como es lógico, ello depende mucho de la salud de los abuelos, que en muchas ocasiones pueden estar casi tan bien como los padres.

«En mi familia las chicas no tienen futuro»

«¿Qué tal está usted, señora?» Mamen la mira con una sonrisa y se adelanta a contestar: «Está mejor, pero desde que tenemos a la abuela en casa no es ella.» «Estoy mejor —le corta su madre— desde que se arregló lo de mi trabajo; temí quedarme en la calle y perder el esfuerzo de más de 20 años.» «Y todo por culpa mía —insiste Mamen—, como llevas años dedicada a cuidarme...» «En parte eso es cierto, no me has dado respiro, pero no creo que sea *sólo* eso. Ahora estás mejor, hace tiempo que estás mejor, casi no te quejas de dolores ni tenemos que ir a urgencias. El trabajo con los niños minusválidos te ha sentado bien, se te ve con ilusión y con ganas, como eras antes, y además estás terminando el curso de inglés, después de años retirada de todo.»

Mamen mira otra vez a la madre y la interpela: «Es a ti a la que ha preguntado el doctor cómo estás y otra vez hablas de mí.» Se dirige ahora a mí: «Desde que está la abuela, su madre, es otra. Lo vive como una visita de inspección. Ella tiene que quedar bien como madre, como dueña de la casa, como trabajadora... todos nosotros debemos quedar bien por ella. Mi abuela es muy especial, descaradamente machista; a mis tíos, sus hijos varones, los encuentra maravillosos, mientras que a mi madre no hace más que criticarla. Y esto desde siempre. Cada vez que viene a casa sigue en las mismas por mucho que mi madre se esfuerce y se cabree con nosotros. Con mis hermanos actúa igual que con mis tíos, así que imagínate conmigo, que soy chica, vivo enferma y he perdido cursos. Yo creo que está avergonzada de las mujeres de la familia; mi madre le hace caso. La abuela no puede estar orgullosa de ella y pienso que a ti —se dirige ahora a la madre— te pasa lo mismo conmigo. A veces me cabreo porque no te veo contenta.» Y con una sonrisa, Mamen concluye: «Si tengo un hijo, no quisiera que fuera una chica. En mi familia las chicas no tienen futuro.»

Mamen es una chica divertida y muy simpática, aparentemente extravertida y segura de sí misma. Parece sorprendente que junto a sus achaques físicos —la mayoría de ellos somatizaciones de sus nervios y sus repetidos episodios depresivos— presente una importante fobia social que le impide en ocasiones salir a la calle y, más frecuentemente, seguir adelante con sus actividades. Todo lo ve como un reto, como algo casi imposible. Funciona como si se esperara mucho de ella y ella se hubiera conformado con su trabajo y sus clases de inglés. Igual que desconfía de su capacidad lo hace de los demás, y hasta la fecha no ha encontrado un/a psicoterapeuta que merezca su confianza, viviendo, como vive, en una de las ciudades españolas con más psicólogos por metro cuadrado.

Conmigo hace su terapia familiar, pero no es suficiente. Si Mamen no encuentra un espacio terapéutico propio, le quedará un largo camino por delante, su evolución será más inestable y deberá someterse a frecuentes consultas médicas.

LA ADOLESCENCIA POSTERGADA

De los padres que no vivieron su adolescencia porque no pudieron o no les dejaron, una parte la postergó y otra nunca tuvo ocasión de disfrutarla. Cuando una de las hijas llega a los 15 años, le proponen esta misma solución: postergar la etapa que le corresponde vivir. Y si la chica les echa en cara su prematura frustración, no se enteran. En el otro extremo, si la animan a vivirla intensamente so pretexto de que ellos no lo hicieron, la hija puede sentir que «pasan» de ella. No queda, pues, otra alternativa que hacer el proceso en paralelo: la joven viviendo su adolescencia y los padres aprendiendo a ser padres de una adolescente.

LA TRANSMISIÓN INTERGENERACIONAL

No está claro hasta dónde los cambios en el ciclo vital de padres y abuelos afectan a la transmisión involuntaria de actitudes y conductas. Un ejemplo de ello es la separación de los padres cuando los hijos son adolescentes en forma idéntica a como lo hicieron sus propios padres, conducta que se repite en numerosos casos mientras en la consulta insisten en que «lo pasaron muy mal».

Una adolescente, con su actuación, puede inducir a sus padres a que le transmitan aquello que no quieren transmitir, aquello que desean mantener en secreto: los riesgos que corrieron, las drogas que probaron, las aventuras en moto, las experiencias eróticas, etc. Su hija se apasiona con lo que ellos han olvidado, y encuentra en los vacíos y los silencios un excelente caldo de cultivo donde ejercitarse.

Los adolescentes otorgan a la familia y a la transmisión intergeneracional el papel principal en tanto que sistema de influencia en los comportamientos.

TABLA XXXIV

EN QUÉ ÁMBITO SE DICEN LAS COSAS MÁS IMPORTANTES, SEGÚN LOS JÓVENES, POR GÉNERO

Ámbito	*Total* %	*Varón* %	*Mujer* %
En casa, con la familia	53	50	56
Con los amigos	47	48	46
En los medios de comunicación: prensa, radio, televisión	34	33	34
En los libros	22	21	23
En los centros de enseñanza (profesores)	19	17	20
En la iglesia	3	3	3
En otro sitio/Ninguno/ No contesta	5	5	4

(J. Elzo y otros, *Jóvenes españoles 99*, Fundación Santa María, Madrid, 1999.)

Para ambos sexos, el ámbito elegido es la casa, seguido muy de cerca del círculo de amigos.

El largo trecho entre lo que se dice y lo que se piensa

Aparentemente, en las últimas décadas todo ha cambiado, desde la organización de la familia a las formas de relación entre hijos, padres y abuelos. Sin embargo, existe un gran desfase entre lo que se dice y lo que se hace, entre las formas y el fondo, entre lo que se piensa y lo que se siente. Por ejemplo, las adolescentes experimentan hoy respecto a la sexualidad las mismas inquietudes y las mismas preguntas que las generaciones precedentes.

Cuando los adultos se sienten sobrepasados intentan, y muchas veces lo consiguen, transmitir lo que aprendieron de sus padres, al igual que sus hijos harán con los suyos.

HISTORIAS DE FAMILIAS

Existen familias en las que de manera habitual se habla de la historia familiar, ya sea en reuniones, comentando fotos, etc. En la etapa adolescente, uno siente la necesidad de hacerse dueño de su historia para proyectarse en el porvenir. Los padres tienen un papel determinante a la hora de asegurar este paso del pasado al futuro.

La historia familiar puede transmitirse de muchas formas, unas mejores que otras: en el contexto de una bronca terrible, en una tarde plácida de verano o a propósito de la visita de un pariente lejano o un amigo de la infancia, quienes completan los detalles olvidados.

La abuela

María, 18 años, viene a consulta con su madre, quien se ha incorporado recientemente, ya que hasta este momento era el padre el que la acompañaba. Ambas parecen estar de buen humor, lo que resulta estimulante, ya que la joven ha pasado por un periodo muy malo y la relación entre ellas se ha visto resentida.

«Encuentro bien a María —dice la madre—, no sólo en sus estudios universitarios, sino en general. Está contenta, segura, abierta, incluso con ganas de echarse un novio, cosa rara en ella, ya que parecía no necesitarlo, dada su gran autosuficiencia.» María la escucha tranquila, con una sonrisa, y la deja seguir: «Yo a su edad era distinta, había estado interna, igual que mis hermanos, y me había hecho una mujer sin darme cuenta. Cuando terminé los estudios y volví a casa, mi madre me dijo que tenía que arreglarme más, me puso a dieta y empecé a salir con mis hermanos y a conocer gente. Opina usted que tuve suerte por lo decidida que era mi madre y lo rápido que me encaminó; es probable, aunque no nos llevábamos muy bien.»

Cuando su madre sale de la consulta, María me explica: «La madre de mi madre murió cuando ella tenía 9 años. A la que ella se refiere es a mi abuela, a su madrastra, de la que te he hablado tanto. Mi madre está mucho mejor, pero le cuesta hablar de su vida.»

En la siguiente entrevista, casi sin pedírselo, la madre de María va completando su historia familiar. «Tiene su mérito —se refiere a su madrastra, la abuela—, mira que casarse con un hombre con cuatro hijos, aunque nos mandaran internos... Hacía un año que se había quedado viudo. Mi madre ha tenido un papel muy importante en la vida de María. Yo muchas veces he pensado que la quería más que a mí.» Otra vez a solas, dice María: «Mi abuela se hizo cargo de mí casi desde que nací. Yo creo que en ese momento mi madre empezó a aceptarla. En la casa de mis abuelos jugaba por las tardes y muchas veces dormía, ya que mis padres trabajaban hasta tarde.»

En otra entrevista, su madre me comenta: «Hasta hace poco tiempo me sentía con María como una extraña, también con Elena, la pequeña. Ahora nos llevamos mejor y estoy a gusto con ellas, aunque tengo la sensación de no haber pasado todo el tiempo necesario, de haberme perdido mucho de sus vidas.» Y añade María: «La verdad es que he pasado mucho tiempo sola; creo que en una época llegué a odiar a Elena, ya que me dejaban siempre con ella. Tampoco me gustaban las mamás que trabajaban y, con papá, me llevaba bien, aunque ahora no lo puedo tomar en serio, ya que lo veo como un crío con su moto y sus caballos», comentario que suscita la risa de ambas.

En esta historia familiar hay que destacar, aparte de los años de duro trabajo de los padres —y la distancia que, en consecuencia, tomaron respecto de sus hijos—, dos prolongados episodios depresivos de la madre: el primero, cuando nació María, motivo que la llevó a pedir ayuda a la abuela, y el segundo coincidiendo con una seria crisis de pareja aún no resuelta del todo, que antecedió a la descompensación de María, afortunadamente ya superada.

En ocasiones, la consulta por una adolescente se enmarca en otra más amplia de índole familiar, si bien no siempre es algo explícito e, incluso, puede quedar oculto por la gravedad de la sintomatología de la chica o la falta de interés de los padres de hablar de su propio sufrimiento. En este caso costó mucho que la madre aceptara su propio tratamiento; decía estar mal por la enfermedad depresiva de María y de los problemas conyugales; de momento, ninguno de los padres está dispuesto a hablar y, menos aún, a acudir a un terapeuta de parejas.

Lo que la familia no cuenta

Hay una parte de la historia familiar que por lo general no se cuenta y, si se hace, es entre susurros y a escondidas de los niños. El adolescente casi siempre se entera por casualidad. Como el silencio da valor a las palabras y tiene efectos positivos, ya que estimula la imaginación y el pensamiento, el joven va uniendo cabos y termina empujando la búsqueda de los secretos familiares.

Algunos de estos secretos los lleva el adulto consigo, pero no puede hablar de ellos pues los ignora. Le han sido transmitidos por sus padres a sus espaldas y este «destino subterráneo» puede dar lugar a síntomas y sufrimientos inexplicables para el sujeto y su entorno. En estos casos, sólo la ayuda terapéutica exterior le permitirá, con el tiempo, hacerle salir de la sombra.

Carmen, hija de su madre

«Mamá es así, una amargada. La abandonaron sus padres y la criaron unas monjas; después mis tíos y mis abuelos. Nadie se atrevió a contarle la verdad y, al final, se enteró por casualidad cuando murió una hermana de la abuela; ordenando papeles encontró los de las monjas. Tampoco ella se atrevió a decir nada, porque temía que mi padre y su familia la rechazaran. Son de pueblo, ¿sabe? Cuando nos tuvo a mí y a mi hermanos, nos sobreprotegió a su manera; haciéndonos gordos como trullos. Yo me libré por la anorexia, pero ellos, usted los ha visto, parecen un par de sillones.

Mi madre es seca y dura, incapaz de manifestar cariño; se preocupa de todo y de todos, pero no puede dar afecto. A mí no me quiere, me ve igual a mi padre y su familia, los *malos*.

De lo de ella me enteré por mi padre cuando estuve hospitalizada; yo la odiaba y él me decía que la entendiera. No podía aceptar que no me quisiera, y ella me odiaba porque yo no comía. Llegué a pensar que sería feliz si yo muriera. Mi padre, entonces, me contó lo suyo y me dejó helada. Yo sospechaba que algo le pasaba, porque no podía tener tan mala leche, y me quedé más tranquila. Ahora que vivo en Madrid y ella donde siempre, no me molesta; me voy haciendo a la idea y hasta la veo más vieja. Mi temor es, cuando tenga hijos, ser el mismo tipo de madre que ella.»

La madre de Ana viene a consulta sola

La madre de Ana viene a verme sola. Es aún joven y de buena presencia, va más arreglada de lo habitual y se la ve algo excitada. Dice no estar informada de que su hija debía asistir y que su marido no puede hacerlo. Se sienta y manifiesta que quizás sea ésta una buena ocasión para aclarar algunas cosas que no ha contado en anteriores entrevistas en presencia de ellos. «Estoy cansada de la situación, no puedo apoyar más a mi hija y de un momento a otro puedo caer en una depresión. Creo que he estado demasiado cerca de Ana, apoyándola en exceso, sobreprotegiéndola, y no he tenido a nadie que me apoye a mí. Estoy en tratamiento y afortunadamente voy mejor. Después de años de psicoterapia, he visto que la medicación es lo único que me sirve y temo que la terapia de mi hija tampoco avance, ya que buscan en la infancia problemas que son actuales. Pienso decírselo a su psicóloga, a Ana ya se lo he dicho.

Yo estoy ahora en proceso de separación. Lo había iniciado cuando Ana se puso enferma, pero al verla mal lo postergué.

Han pasado cuatro años y no aguanto más. Me quedaré sola con mis hijos; aún no lo he comentado con ellos, pero me temo lo peor, ya que las veces que he salido sola o con una amiga Ana se ha puesto enferma. Sale a la terraza, insinúa que se va a tirar y luego se pone a limpiar su cuarto con lejía.

Siempre me las he arreglado sola. Con el tercer hijo estuve muy angustiada por las sucesivas enfermedades del bebé, y a los pocos meses tuve una crisis de angustia con agorafobia que me ha durado hasta hace poco. Cuando mis hijos eran pequeños aprendí a ser de todo: médico, psicólogo, educadora... Por la fobia que tenía a salir a la calle, lo hacía todo yo. Es probable que a Ana esto la haya perjudicado; por una parte la he sobreprotegido, de tal manera que no tiene necesidad de nada, ni siquiera de darse cuenta de su enfermedad, y por otro me paso el día diciéndole que haga su propia vida y que sea independiente. Desde que me ve mal, se porta mejor y se esfuerza en comer más. Quizás piense que mientras siga enferma no habrá crisis de pareja, pero ya la hay y esta vez estoy decidida. En su momento soñé con retirarme a un lugar lejano y tranquilo, un monasterio por ejemplo, o hacer una labor solidaria; ahora, es distinto, me ha dado por bailar...

Me pregunta usted por mi familia. Pues es muy rara. Con el problema que he tenido con Ana, mi madre y mis hermanas han comentado: «Por fin te pasa algo a ti, alguna vez tenía que ser.» Me ha ido mejor económicamente que a ellas, ya que mi marido es notario, pero no hay derecho a un comentario así, ¡de mi madre y mis hermanas! Si hubiera crecido en un ambiente lleno de amor hubiera sido distinto, pero debo alimentarme sola, nutrirme sola... Mi padre es un ser débil y enfermo que nunca se acostumbró a la ciudad; también agorafóbico y absolutamente dependiente de mi madre. Prefiero no hablar de ello.

Y volviendo a Ana, no sé si usted sabe que ha roto con el chico con el que salía. Ha llorado, la he consolado, es tan tonta como yo. Ahora tendré que preocuparme de ella y de mí.»

La madre de Ana se encuentra un poco eufórica por efecto de la nueva medicación, lo que parece explicar su mayor desinhibición y algunos de sus comentarios, sumado al hecho de que la paciente esté ausente. Los datos que aporta son muy valiosos para el entendimiento del problema de Ana y arrojan nueva luz a una evolución que parece empantanada. De hecho, la chica ha mejorado notablemente en los últimos meses, según me informa su terapeuta.

La influencia de las historias familiares parece confirmarse en la mayoría de los casos que atendemos. En ocasiones, los problemas vigentes se remontan incluso a la época de los abuelos, lo que puede dificultar el tratamiento. No obstante, conviene abordar estos temas con la paciente en cuestión y con sus padres, bien en la terapia individual, familiar o de pareja, pero sin olvidar que el conflicto básico es el de la adolescente consigo misma.

18. Los padres (hombres)

UN PAPEL QUE ESTÁ CAMBIANDO

Frente a las madres, mucho más representadas en este libro, el papel que juegan hoy los padres aparece desdibujado. Sin embargo, aunque hay gente que opina que constituyen hoy una especie en vías de extinción, para las chicas —al menos para mis pacientes— sigue siendo un personaje *necesario*. Por una parte, sin esta figura la historia personal de las adolescentes queda incompleta y, por otra, el padre es alguien a quien se echa de menos y del que se tienen recuerdos buenos, no sé si siempre merecidos.

Algunos lo han hecho bien durante la infancia de sus hijas; otros continúan así toda la vida y unos pocos desaparecen o nunca estuvieron. Si el motivo de la ausencia es la muerte o la lejanía, se les tiende a idealizar y, en ocasiones, se les busca durante mucho tiempo; y, a veces, se les reemplaza por otra figura paternal. Hay algo en el desarrollo adolescente femenino que sólo lo da la figura del padre, aunque esté en casa leyendo el periódico o simplemente las lleve en coche al colegio. Este oficio de chófer es en ocasiones el recuerdo más entrañable que tienen las jóvenes y, para algunas, el *único* espacio compartido con su padre, que también lo añora con el paso de los años.

Algunos padres vienen a la consulta y participan en las reuniones de familia; otros están presentes en los momentos de crisis y más tarde se alejan, dejando en manos de la madre todos los cuidados. Claramente, su papel está cambiando y aún no saben cómo hacerlo.

«Mi padre va a lo suyo»

«Me siento atrapada, todos en mi familia me exigen. Me llaman a casa para preguntar por mi hermana, como ella está siempre mal... Yo no existo.» Marisa está rabiosa y sorprendentemente deprimida; ella, que es la fuerte de las gemelas. Ambas estudian en Madrid y sus padres viven en Canarias. «Empiezo a sentirme exigida por todo el mundo, ya no puedo más. En mi casa me tratan mal.» Su madre, presente en la entrevista, se inquieta y pregunta angustiada cómo puede hacer las cosas mejor; ella también se exige.

Le pregunto por Raúl, su novio, también residente en Madrid. «Lo veo poco por los estudios y también me empiezo a sentir exigida por él. Pero lo más terrible es lo de mi hermana.» Hago esfuerzos para que no siga hablando de ella, argumentando que la hora es suya y no de su hermana. Busco un personaje supuestamente más neutro: su padre. «Me trata fatal. Él va a lo suyo, siempre ha ido a lo suyo. Hasta consiguió que yo estudiara Económicas, su vocación frustrada. Con él sólo puedo hablar de lo que él quiere, de mis estudios por ejemplo. Le gusta escucharme hablar de lo bien que me va, porque lo ve como suyo, y yo termino viéndolos como de él y odiándolos. Pero de lo malo no quiere saber nada, no le interesa. No quiere enterarse de que estoy mal, hecha una mierda.»

La madre interviene en la conversación, tranquila pero un poco acobardada. Recuerda que el padre ha estado el fin de semana para visitar a sus hijas. «Marisa estuvo encantadora. Fue a buscarle sonriente al aeropuerto, le llevó de paseo, comieron juntos..., parecía todo tan normal en comparación con la actitud de su hermana, que se encerró a estudiar y casi no le vio. Al día siguiente por la noche, después de llevarle al avión y regresar a casa, Marisa tuvo una verdadera pataleta, con lloros y gritos, como nunca le había visto, quejándose de que su padre no le hacía caso y que pasaba de ella.» «Es que para vosotros no existo —insiste Marisa—, no existo. Soy la que cuida a mi hermana, y para él la hija fuerte y exitosa que también entiende de empresas.» Le señalo que quizás ella contribuye a mantener esa imagen con su actitud. Rápidamente rechaza la idea, piensa un momento y dice: «Quizás. No creo que me atreviera a romper el engaño y a decirle lo mal que estoy, lo mal que me va en la vida.» Le señalo que ya lo está haciendo, al menos delante de su madre, y levanto la vista hacia la madre quien, para mi sorpresa, ha sacado una libreta y está tomando nota. La emplazo para una nueva cita, ésta con ambos padres y su hermana, le pregunto por la psicoterapia individual que ha empezado hace poco y le prescribo un potente antidepresivo, que parece recibir con alivio.

«Yo sé tratar a mi padre»

Natalia tiene 17 años y viene a revisión acompañada de su madre, quien, según me han informado, ha iniciado un proceso de separación con su marido. Su hija lo sabe. Natalia es la mayor de tres hermanas. Yo la había atendido por un episodio depresivo mayor, pero desde hace más de un año está asintomática y no usa ya medicación. Incluso ha pedido el alta a su terapeuta, quien en vano ha intentado que siguiera para, entre otras cosas, tratar la intensa relación e identificación que mantiene con su padre, algo a lo que la chica no está dispuesta.

Viene a consulta deslumbrante, como siempre: sonriente, natural y sintiéndose dueña de la situación. Madre e hija hacen un recorrido plácido por la evolución de Natalia: va estupendamente en los estudios, participa con mucho éxito en concursos deportivos los fines de semana en compañía de su padre y, por supuesto, su vida social es satisfactoria. Ha superado un desencuentro con Santiago, su noviete actual, sin demasiados problemas para ella, ya que todo el esfuerzo lo ha hecho el muchacho. Ninguna de las dos hace mención a la crisis de pareja de los padres y afirman que el ambiente en casa es bueno, apenas turbado por las habituales peleas entre las hermanas.

Sin embargo, al quedarnos a solas Natalia sonríe invitándome al diálogo sin ninguna preocupación aparente. Sabe hablar, aunque hace tiempo ha decidido trivializar su mundo para no complicarse la vida. Enterado de que los padres han diferido la separación unos meses, aunque el mes anterior ha sido terrible por las discusiones familiares, pregunto a la joven cómo ha resuelto su separación con Santiago. Con una sonrisa otra vez segura, irónica, me cuenta lo mucho que le ha hecho sufrir hasta que decidió seguir con él, «porque es guapo y buena persona». Sus amigas le han gastado bromas al respecto, llamándola algo así como «corazón de hierro», pero Natalia asegura que exageran, ya que ella es normal. «Más que normal —corrijo—, ya que desde hace casi cuatro años ha logrado usted superar su enfermedad e innumerables discusiones en casa.» No parece sorprenderse con mi intervención, y continúa:

«Mis padres estuvieron muy mal, peleando día y noche. Mi madre no sabe llevar a mi padre, le provoca y terminan gritando. Yo, en cambio, le digo que sí a todo y luego hago lo que quiero. Mi madre me ha confiado que quiere separarse, la entiendo. Es alguien muy difícil, tan exagerado... pero no sabe llevarlo. A veces pienso en él si se separan. No es como los padres de mis amigas, que sólo leen el periódico; él me pregunta, se interesa, quiere acompañarme los fines de semana, si tengo que hacer un trabajo para el colegio, se sienta a mi lado hasta que termino y me ayuda a mirar las enciclopedias... Él cree que nos parecemos mucho, que somos iguales; en una época también lo pensé yo, hasta que se tomó tan mal lo de mi relación con Santiago, en la que parecía más interesado que yo. Menos mal que no le hice caso, creo que soy más fría, más racional, y logro desconectar, pero mi madre no. Bueno, es su marido.

Cuando estuvieron tan mal, me quedaba a dormir en casa de Luisa, que es más tranquila. Tenía más libertad —sonríe buscando mi complicidad— y podía olvidarme de todo. Pero mis hermanas, las pobres, se quedaron con ellos. Si se separan, que no creo, temo más por ellas; pero no creo que se separen, porque mi madre se ha puesto seria y con la amenaza mi padre está encantador.» Natalia aborda el tema con tanta naturalidad que uno se pregunta hasta dónde este «pequeño mico» dice lo que siente o lo que hay que decir. Hábil, manteniendo la distancia, tiende a tranquilizarme. Le doy las gracias por ello y, como otras veces desde que está bien, se va con una sonrisa.

PADRES SEPARADOS EN LOS GRUPOS DE TERAPIA

En los grupos de terapia, los hijos de padres separados son una minoría, pero sus experiencias se siguen con mucho interés, y a veces de forma compungida, por los otros miembros. El caso de Leyre, por ejemplo, dio pie en su momento a un animado debate.

La madre de Leyre, una mujer muy joven, vino una tarde al grupo de padres —que es paralelo al de las chicas— y, a la salida, la joven enseñó a su pequeño hermano David (2 años) a sus compañeras, que estuvieron jugando con él. Cuando en la siguiente sesión le preguntaron cómo era que tenía un hermano tan pequeño estando ella en la universidad, Leyre contó que su madre se había vuelto a casar hacía tres años. «Lo del hermano está bien, pero lo de mi padrastro es un desastre; no me hablo con él desde hace dos años. Para mi madre es inaguantable, nos cruzamos en el pasillo y nos sentamos a la mesa sin hablarnos.» Nadie del grupo podía creerlo, pero Leyre, embalada, continuó: «Espero que se separen, seguro que mi madre lo hará.» María, especialmente preguntona, le inquirió si había pensado volver con sus abuelos, donde según Leyre vivían tan felices. «Lo he pensado, pero es imposible por problemas de pasta.» Leyre insiste: «Además, el que tiene que irse es mi padrastro, yo llegué antes.»

Los argumentos de este tipo son bien recibidos en el grupo. Todos ríen, pero Leyre no está para bromas: «Yo llegué antes. Además, mi madre y yo éramos amigas, es él quien tiene que irse.» María se atreve a preguntarle por su padre, tema que a la joven le gusta menos. Con un gesto de disgusto, casi de desprecio, dice: «Nos dejó antes de que yo naciera; ahora vive en París.» Ainhoa, la más dulce del grupo, que mantiene una fuerte relación con su padre porque está demasiado encima de ella, sigue la historia con interés y le pregunta si sabe algo de él. «No sé nada. Le llamo a veces, cada 4 meses, más o menos. No sé por qué lo hago. Él no me llama ni para mi cumpleaños. Llamo siempre yo, pero en realidad no quiero saber nada de él.» Todas las chicas parecen, sin embargo, entender las llamadas de Leyre, aunque nadie puede explicarlas.

Para mi sorpresa, interviene Soledad, quien lleva poco tiempo en el grupo y hasta ahora nunca ha contado nada de su vida. «Desde que vivo en Madrid ya no veo a mi padre; está siempre de viaje, y ahora más.» Dubitativa, continúa: «Tiene otra mujer en Valencia, lleva años así, no sé cómo mi madre lo aguanta. Su frase preferida es "mañana voy al juzgado", pero nada, no hace nada. Él llega a casa con olor a perfume.» Lo del olor impresiona a todas y hablan sin parar de que es algo intolerable. Soledad está de acuerdo, pero insiste en que prefiere verlo a perderlo. Mary, la más sabia y tranquila, aporta su grano de arena: «Las cosas son más complicadas, hay años de felicidad compartida... Mis padres también son un poco extraños, están separados, pero mi padre suele preparar la comida en casa para mis hermanos y los domingos comemos juntos. Yo me parezco mucho a él en lo terca que soy. Le quiero, pero es mejor así, como están.»

Cuando ya han intervenido todas las adolescentes con situaciones especiales, la pequeña Pilar comenta: «Yo no me atrevo a hablar, porque no he vivido nada de esto y después meto la pata.» La mayoría la apoya. Y María sigue protestando: «Lo del perfume es inaguantable.»

19. Las madres

SER MADRE DE ADOLESCENTES HOY

Ser madre de adolescentes hoy es un oficio nuevo, aunque parezca viejo. En la actualidad, una buena parte de las madres trabajan y, en consecuencia, han organizado su casa de una forma muy distinta a la de otras épocas, guiadas sobre todo por la necesidad de simplificar las cosas: la compra, las comidas, ciertas costumbres... Para ello se han rodeado, por ejemplo, de una poderosa tecnología en electrodomésticos.

De manera inocente, casi todas las madres piensan que sus problemas disminuirán cuando la hija se haga un poco mayor, ya que podrán contar con más ayuda. Sin embargo, la intensidad y magnitud del cambio que supone la adolescencia hace imposible cumplir este deseo. La mayoría ignora las verdaderas complicaciones de la «edad más difícil», como reza el título de este libro. A las madres, por lo general, se les ha olvidado esta etapa de su vida y las nuevas relaciones familiares, basadas en una mayor democracia interna, las dejan descolocadas.

Sin apenas darse cuenta, se ven perteneciendo a un mundo en el que no existen horarios ni comidas familiares, y en el que su casa se ha convertido en un verdadero autoservicio alimentario. Las exigencias escolares de los hijos, cada vez mayores, así como las diversas actividades extraescolares, hacen imprescindible la supervisión materna. También ha cambiado la distribución de espacios: los adolescentes invaden el hogar —de la ciudad o de la sierra— con amigos que incluso se quedan a dormir y a los que, una vez encerrados en el dormitorio, no se puede interrumpir; dormitorio cuyo equipamiento, además, resulta carísimo. Por si esto fuera poco, usan el equipo musical de sus padres aunque ellos tengan el suyo, el teléfono suena sin parar y ya no se pueden recibir llamadas sin «molestarlos» porque ellos están esperando alguna, llegan a altas horas de la madrugada sin importarles que su madre esté en casa rezando o maldiciendo hasta que entran por la puerta...

La autoridad materna y también paterna son rápidamente cuestionadas; ahora, en plena prepotencia adolescente, los padres son incapaces de frenar un ritmo de vida derivado de una crianza con muy pocos límites. Incluso ellos como pareja tienen su propia crisis, suscitada entre otros motivos por unas costumbres que no son las suyas y que han de dirimir delante de los hijos. La mujer, además, vive su edad con cierto conflicto, cuestionándose su identidad y su corporalidad, pero ha de cuidarse con esmero para evitar que su hija imite su conducta y, por ejemplo, empiece a dejar de comer. Por último, no hay que olvidar que en esta etapa los abuelos se enferman, aunque también hay que decir que ayudan lo suyo.

Los problemas, pues, son los de siempre, pero tienen lugar en un escenario en el que no está claro el papel de cada miembro de la familia, ni el espacio que le es propio ni el tipo de relación con los demás. Los padres, no obstante, lo hacen bastante bien y llevan la adolescencia de su hija mejor de lo esperado: se adaptan a las situaciones, tragan y vuelven a tragar. Las madres son el personaje más valorado por los adolescentes de ambos sexos, si bien no se lo demuestran suficientemente. Es a quien recurren cuando están enfermos, cuando se sienten solos, cuando tienen un problema. Se las arreglan para ir con la hija de compras, llevarla a sucesivos médicos y psicólogos, hablar con sus profesores... Y muchas buscan un lugar neutral para charlar con su hija, por ejemplo un café, y ambas se encuentran una vez a la semana o de forma más ocasional.

DOS JÓVENES DE HOY

Julia, una chica confundida

Me llama Judith, una amiga uruguaya que, junto a su marido, también arquitecto, llegó a Madrid hace muchos años. «¿Te acuerdas de Julia, la pequeña? —me pregunta—. Estoy un poco preocupada por ella. No la veo bien, está revuelta. Parece que se le han juntado más cosas de las que puede digerir. Creo que necesita hablar con alguien, con algún profesional como tú. Tiene ya 21 años... Le diré que te llame para que la veas.»

Unos días más tarde, Julia viene a mi consulta. Sonríe con la misma sonrisa de la madre y, pocos segundos después, entra en materia: «Se me han juntado muchas cosas y estoy confundida. Necesito hablar y ordenarme, porque estoy muy inquieta.» Usa las mismas frases que su madre. «Creo que debo hacerlo contigo o con usted, como prefieras —indaga con la mirada y sigue—, no estoy bien, tampoco estoy mal, pero algo pasa que no entiendo. Trataré de aclararme para poder contártelo.»

Con alguna dificultad, va enhebrando un relato que se prolonga, con muy poca ayuda mía, durante tres sesiones. «Se fue Roberto, el hermano que me seguía para arriba —señala con la mano—. No sé si te acuerdas de él, tan guapo, tan simpático; creo que alguna vez lo atendiste, por los estudios o algo similar.

Era, es, cinco años mayor que yo. Dicen que de pequeño no me aceptó, más bien creo que nunca lo ha hecho; hasta ayer mismo me estuvo molestando y burlando, como si fuéramos niños. No te lo podrás creer, pero siento como si me faltara algo, incluso lloré el otro día en su habitación. Tú dirás que después de tanto tiempo esperando librarme de él resulta raro que le eche de menos, pero inevitablemente debo reconocer que le quiero, aunque fuera tan jodido conmigo. Mis otros hermanos también se han ido a Estados Unidos.

La que ahora vive en casa es la abuela, ésa sí que es un personaje difícil. Cuando murió mi abuelo no tuvimos otra alternativa que traerla con nosotros. Ella tampoco me acepta, desde que nací ha encontrado malo todo lo mío y hemos peleado mucho. Parece que la idea de mis padres de tenerme cuando eran algo mayores sentó mal a más de uno. Mi abuela no se lo ha perdonado a mi madre ni tampoco a mí, y lo peor es que no puede disimularlo. Pero tendremos que aguantarnos al menos mientras viva en casa», concluye Julia sin precisar si es la abuela la que estará allí mientras viva o si es ella la que planea marcharse.

Una semana después, la joven vuelve al tema. «No pienso irme de casa aún. A veces, en momentos de inquietud, me dan ganas, pero pienso que son mis padres los que tienen más posibilidades de hacerlo. Mi padre se jubila dentro de unos meses y a mi madre le falta un poco más. Se van haciendo viejos y esta idea, no puedo evitarlo, me aterra. Es como algo anunciado desde que era chica: ellos se van haciendo viejos y yo no termino de hacerme mayor. Mi padre no habla, tú ya le conoces, nadie sabe lo que piensa. No sé si se les ocurrirá volver a Uruguay, sólo sé que yo me quedo aquí. También me da cierto miedo quedarme sola con ellos, de hija única, como dice mi madre, quien además insinúa que siempre me ha gustado esa idea. Más bien me da cierta grima.

Hay otro tema importante del que no te he hablado. Se llamaba Raúl, y terminamos hace mes y medio. Fui yo quien pidió dejarlo, ya que no tenía nada claro el tema. No sabía si estaba aburrida, si estaba cansada, si no era mi chico..., en resumen, no me sentía bien con él. Te reirás pensando: "Esta niña no está a gusto con nadie" y es verdad. Raúl sigue insistiendo. El otro día, por primera vez en meses, me hizo ilusión oír su voz por el teléfono; incluso nos reímos un rato. Quizás, como yo estoy mejor mi actitud es distinta. En realidad es mi primera relación seria, como se dice. Él también estudia Diseño Industrial, aunque parece tener más condiciones que yo o, al menos, ver más claro que está en lo suyo. Nos llevamos muy bien durante varios meses, es divertido y me quiere mucho, se le nota. Creo que lo tendré un tiempo haciendo méritos, como tú dices.»

En otra entrevista Julia me cuenta: «Me gusta el diseño, pero no termino de sentirme a gusto en las clases. Dicen que soy hábil, no solamente Raúl sino gente más imparcial como... —se queda pensando y ríe—, como mi madre. Aunque no te lo creas es de fiar. Nunca le he dicho cuánto la quiero, ni tampoco que hasta la admiro. Pensar que la madre de una es admirable debe sonarte muy ñoño, pero es verdad. Es como sabia, sabe estar en la vida... Me estoy yendo del tema. Lo que quiero decirte es que me he fijado un límite: si me va bien en este trimestre, sigo hasta el final. El otro día encontraron muy bueno uno de mis trabajos, aunque nadie escuchó al profesor, porque sólo me lo dijo a mí. La verdad es que me sentó bien.»

Raquel. La salsa como actividad paraterapéutica

Raquel es una chica de 17 años grande, gesticulante y muy graciosa, aunque cuando la conocí era más bien triste. Entonces, me miró fijamente, apoyó los codos sobre la mesa de mi consulta y me dijo: «Vengo por esto», e inició un copioso llanto por el que rápidamente se disculpó para contar que estaba muy deprimida, que su mal era una depresión, diagnóstico que, efectivamente, se confirmó tras las primeras entrevistas clínicas. Fue necesario el uso de antidepresivos y lentamente, con dificultad, logró recuperarse. Su inteligencia despierta, su capacidad para relacionarse, mirar su entorno y aprender de los otros, hacían de ella una candidata adecuada para una psicoterapia, con el fin de ayudarla a pensar, a entender y a entenderse.

Hasta que comenzó su depresión, había sido una chica sociable a la que le gustaba divertirse, sobre todo con el baile de salón. Dejó de hacerlo cuando se sintió mal, y con ese carácter tan suyo prohibió a Ana y Leticia, sus mejores amigas, que siguieran bailando, a lo que le hicieron caso, no se sabe si porque se lo impedían sus estudios de COU. Ya en la universidad, y una vez superada la fase aguda de su depresión, vuelve a bailar; no lo hace como una terapia, ya que ella tiene la suya, sino siguiendo unos impulsos que con el tiempo han empezado a estar a su servicio.

Una tarde de invierno va a recoger a otra amiga al bar en el que trabaja. El «gerente» del mismo le pregunta si a ella le gustaría trabajar como relaciones públicas los fines de semana. Sin pensarlo mucho, acepta, y un día después empieza lo que le prometen será «una larga carrera en la hostelería para jóvenes madrileñas». En casa no le ponen pegas, aunque la madre aprovecha una consulta en la que acompaña a su hija para preguntar mi opinión sobre este tipo de trabajo. Parece tranquilizarse al saber que la terapeuta de Raquel y yo estamos informados del asunto y que hasta la fecha no vemos ningún motivo de alarma, ya que muchas de las chicas que atendemos, así como algunas de sus amigas y conocidas, trabajan en bares de copas los fines de semana y durante las vacaciones.

Un día, Raquel encuentra un cartel en la pared del bar anunciando clases de salsa los miércoles por la tarde, y además gratuitas. Se inscribe en las mismas y también apunta a sus viejas amigas Ana y Leticia. Cada miércoles, durante dos años, va al bar a bailar. Pronto conoce a Víctor, su actual novio, quien logra, tras casi dos meses de tirarle los tejos, vencer su resistencia, con la ayuda de sus amigas e incluso de la hermana de Víctor, también aficionada a la salsa. «¿De qué vas, tía? —la increpaba Ana—. Todo el mundo sabe que Víctor va detrás de ti y tú te haces la idiota, pero te encanta.» En esos momentos, Raquel aún pensaba que una de las razones de su depresión se llamaba Ramón, un impresentable de 21 años que le había tomado el pelo todo lo que quiso y luego la dejó tirada. Una nueva relación le daba pánico, incluso con Víctor, que parecía buena persona y estaba colado por ella.

Los buenos oficios de las amigas, el amor a la salsa y también su trabajo psicoterapéutico le permitieron progresar en una relación que le ha permitido recuperar mucho de su autoestima y hacer planes de futuro. Ana y Leticia ya no van a bailar, pero Raquel y Víctor no dejan pasar un solo miércoles, aunque ella ahora no trabaja en el bar.

20. Carta a Susana

«Susana, soy tu madre. Te hablaré despacito, como si te estuviera susurrando junto a tu almohada, y trataré de decirte lo que ahora siento. Hace un rato me dejaron verte en la UVI, donde aún duermes. No creo que te dieras cuenta, aunque tenías los ojos abiertos y sin expresión. Me dejaron darte un beso en la frente y sólo atiné a decirte que te quiero. Me temblaban las piernas y el cuerpo entero, te habría abrazado y me habría tumbado junto a ti, pero no me atreví ni creo que la doctora que estaba a mi lado me hubiera dejado. Tenía pinta de buena persona y sonreía levemente tratando de tranquilizarme. Me cogió del brazo y con voz segura me dijo que el peligro había pasado, que saldrías adelante. Sin soltarme, me acompañó hasta la puerta y aquí estoy, en la sala de espera, desde hace ya dos horas.

Me habría quedado junto a ti, echada a tu lado como cuando eras más pequeña y te acompañaba hasta que te dormías, esperando que tu respiración me anunciara el momento de irme a mi habitación. Esto es distinto, estamos separadas y no sé qué pensar. Trataré de ordenar las ideas y, si me dejan, les entregaré estas hojas para que las pongan debajo de ti, así las tendrás cuando despiertes.

Estábamos en el campo y nos llamaron por teléfono para decirnos que te habían hospitalizado tras un intento de suicidio serio; que habías tomado pastillas y que aún estabas en coma. No nos dieron ninguna seguridad, era demasiado pronto, pero nos aseguraron que harían todo lo posible y que era aconsejable que volviéramos a Madrid inmediatamente. No podía creerlo, no atinaba a preguntar nada más; cuando se cortó la comunicación, ni siquiera tenía claro en qué hospital estabas, me parecía que habían mencionado el Ramón y Cajal. Sólo atiné a llamar a tu padre, que afortunadamente estaba en el salón, junto a la chimenea, charlando con Juan e Inés, esos amigos nuestros que tú conoces. Al verme entrar notaron algo, se pusieron muy serios y preguntaron qué pasaba. «La niña, la niña está en la UVI. Se tomó unas pastillas, aún no saben si se salvará», les dije.

Recogimos las cosas apresuradamente y nos pusimos en marcha a toda velocidad. Tu padre, ya le conoces en estas situaciones, no hablaba. Se aferraba al volante y conducía lo más rápido que podía. Su único gesto de apoyo era cogerme la rodilla y acariciarme cada cierto trecho. En la parte de atrás del coche, nuestros amigos hacían pocas preguntas; son lo suficientemente amigos como para saber que has tenido una adolescencia difícil y que has sido nuestro principal motivo de preocupación. Sabían que estabas en tratamiento por depresión y trastornos alimentarios. Sólo atinaron a preguntar si te habías quedado sola en casa o si alguien te acompañaba. A tu hermano, Jesús, también lo conocen, saben que es un chico serio y estudioso, y que mantiene contigo una difícil relación. Preguntaron por él y, en ese momento, sonó el teléfono móvil: era Jesús, precisamente, que llamaba desde el hospital para informarnos que estabas un poco mejor, que tus constantes eran estables y que parecías recuperarte. Me aseguró que él se quedaría ahí hasta que llegáramos.

Ante mis preguntas confirmó que él te había encontrado a la una de la mañana, al volver a casa, inconsciente y con una botella de whisky a tu lado; había también muchas cajas de pastillas que no supo reconocer. La ambulancia vino en pocos minutos y al llegar al hospital te llevaron a la UVI, de esto hacía ya un par de horas. Pese a no haber tráfico, el viaje se nos hizo eterno. Me atormentaba tratando de adivinar las pastillas que habías tomado y qué hacía la botella de whisky si tú no bebes. No quería pensar en un intento de suicidio; es un tema familiar muy complicado. Culpaba a tu padre por haberte dejado sola, aun a sabiendas de que nos habías comentado que estarías con tu amiga Arancha. Él siempre insiste en la necesidad de que mantengamos una vida propia como pareja, en no vivir a expensas de los hijos... Pero estábamos tan afectados que ni siquiera nos peleamos.

Al llegar, los médicos nos informaron que la intoxicación era seria y que se habían puesto en marcha todas las medidas habituales. Desconocían por el momento la cantidad y variedad de fármacos ingeridos, así como la cantidad de alcohol; aunque habían podido retirar de tu estómago parte de ellos, ahora forzaban el funcionamiento del riñón para buscar otra vía de eliminación. Afortunadamente, hasta ese momento el coma no era profundo.

Como te decía, me he quedado sola después de visitarte. No me puedo quitar tu imagen de la cabeza. Te vi muerta, tenía que mirar los aparatos para comprobar que vivías, me daban ganas de sacudirte, de gritarte para que supieras que estaba ahí y no sintieras miedo, aunque el miedo era mío, miedo a perderte definitivamente. Menos mal que la doctora de sonrisa amable parecía estar segura de que te salvarías. Me siento horriblemente culpable por lo que has hecho, aunque no sé explicarte de qué. Primero de haberte dejado sola o creerme una vez más una de tus mentiras. ¿Por qué te has vuelto tan mentirosa, hija mía? En 2 años has cambiado mucho: ahora mientes, robas, vas con gente rara que no te quiere..., no eres tú. Pero estoy convencida de que sigues siendo la misma, de que es culpa de tu maldita enfermedad. Saldrás de ella, estoy segura.

Yo también salí de una, si bien nunca te lo he contado; quizás ahora es el momento. Mi bulimia, desde los 17 a los 23 años, fue un infierno. Creo que nadie se enteró. Lo único que te aseguro es que pude salir, como saldrás tú. No te lo había contado antes porque no me atrevía y pensaba que se haría aún más difícil nuestra relación y también, debo reconocerlo, la mía con tu padre, que lo ignora todo. Cuando tenía 17 años murió tu abuelo, mi padre. Yo le adoraba, pero hizo muy infeliz a mi madre. Era bebedor y violento. Una tarde de invierno, de vuelta de una cacería, se pegó un tiro con su escopeta; por eso lo del suicidio es tan fuerte para nosotros. A mis hermanos y a mí nos ocultaron la causa de la muerte, diciéndonos que había sido un infarto. Yo me enteré por casualidad, escuchando a uno de mis tíos; no me atreví a preguntar más y sólo hablé de ello con el psiquiatra al que me llevaron meses después. El doctor se empeñó en que tratara el asunto con mi madre y mis hermanos, pero mi madre me lo prohibió, incluso me pidió que no le contara nada más al psiquiatra. Tanto es así que él nunca supo nada de mi bulimia, mis atracones nocturnos y mis vómitos imparables. Era un hombre encantador que trató mi depresión y mi duelo por un padre idolatrado.

Cuando conocí a tu padre, dejé de devolver. Era un hombre bueno y recto, incapaz de dobleces y también de profundizar en uno mismo. Entonces me impuse curarme —quizás las medicinas antidepresivas ayudaron—, me prohibí la bulimia, ya que me resultaba absolutamente incompatible con tu padre, el único ser con el que me he sentido bien, tranquila, siendo yo misma, a pesar de lo poco que habla. Tú eres para él muy especial: su niña, la única persona con la que ha jugado y se ha sentido espontáneo, feliz, incluso mucho más que conmigo. El amor que siente por ti le ha llenado de orgullo; tu simpatía, tu espontaneidad y tus expresiones de cariño le han conmovido hasta las entrañas. Es algo distinto de lo que siente por mí, ya que soy yo la que me siento bien con él. Tu enfermedad, tu brutal cambio de niña grande a esta mujer joven y desgarrada que ahora tenemos, le ha trastornado. Su niña debía crecer y hacerse adulta, pero él no estaba preparado para aceptarlo; tampoco habría aceptado ningún novio. Sin embargo, lo tuyo no ha sido crecer, sino destruirte, y eso le ha provocado un dolor tan hondo que una no sabe si anda buscando culpables por el monte cuando va de caza o le va a dar un ataque en cualquier momento. No se atreve a acercarse a ti, como tú a él, so pretexto de haberle defraudado. Poca solución veo. No aguanta estar aquí, ha bajado a tomar aire y una fantasea que en cualquier momento viene y, grande como es, te rescata como si de un secuestro se tratara.

Sé de tu bulimia y la sufro mirando para otro lado cobardemente. Tenía terror de que te enteraras de la mía, como si yo te hubiera contagiado y tu padre me fuera a culpar por ello. También temo que seas tú la que me culpes. Creo haberme curado de la bulimia, pero no de esa horrible sensación de sentirme culpable siempre. He sufrido tus fracasos en los estudios como si fueran una repetición de los míos, que también los tuve; yo, que iba a comerme el mundo, no pude terminar la licenciatura. Tú tampoco puedes, por la enfermedad. Sigues siendo una chica lista, pero invalidada por la misma.

Encontré demasiado pronto a tu padre como para tener fracasos sentimentales, los propios de la bulimia, para que me entiendas. Los tuyos los has callado, pero es inevitable ignorarlos. Debo decirte que supe lo de tu aborto, aunque tampoco me atreví a mencionártelo. Respeté tu decisión en silencio; quizás no hubieras aceptado mi consuelo, pero siempre me reprocharé no haber estado contigo entonces. Tampoco he hablado con tu médico, al que temo que no le hayas contado nada de nada, quien te manda una medicación que ni siquiera tomas y que has ido juntando hasta este momento de desesperación. Me parece que hay que hacer algo, buscar un tratamiento de verdad, y lo pongo por escrito para no arrepentirme. Me siento tan identificada contigo que me inutilizo y termino asustada de mi cobardía.

No sé si me viste hace un rato, de negro, con un pantalón y una blusa negros, con el pelo suelto, como siempre, y ese aspecto de joven que siempre me ha gustado. Hoy, en esta sala sin gente, me siento ridícula. Tengo unas ganas tremendas de abrazarte, de darte calor, y entre las dos encontrar el valor necesario para salir de esta situación. Me falta la alegría que alguna vez tuvimos. A lo mejor no es demasiado tarde para volver a encontrarla. Creo que tu padre nos ayudará.»

RELACIÓN DE TABLAS

BIBLIOGRAFÍA

AGUINAGA, J., y COMAS, D., *Cambios de hábito en el uso del tiempo,* Instituto de la juventud, Madrid, 1997.

ALBERDI, I., *La nueva familia española,* Taurus, Madrid, 1999.

ÁLVAREZ, R.; AZOFRA, M. J.,y CUESTA, M., *Economía y juventud,* Instituto de la Juventud, Madrid, 1999.

BOLETÍN EPIDEMIOLÓGICO DE LA COMUNIDAD DE MADRID, *Hábitos de Salud en la Población Juvenil de la Comunidad de Madrid,* agosto-septiembre 1997, núm. 8, vol. 5.

ELZO, J. y otros, *Jóvenes españoles 99,* Fundación Santa María, Madrid, 1999.

EWING, J. A., «Detección del alcoholismo. El cuestionario CAGE», *JAMA,* 1985.

IZQUIERDO, J.; RÍO, O. DEL, y RODRÍGUEZ, A., *La desigualdad de las mujeres en el uso del tiempo,* Instituto de la Mujer, Madrid, 1988.

JEAMMET, P., *Adolescences,* La Découverte et Syros, París, 1997.

MARTÍN SERRANO, M., y VELARDE, O., *Juventud en España,* Instituto de la Juventud, Madrid, 1996.

MORANDÉ, G., *La anorexia. Cómo combatir y prevenir el miedo a engordar de las adolescentes,* Temas de Hoy, Madrid, 1999.

—, CASAS, J., y CELADA, J., «Trastornos de la conducta alimentaria en adolescentes. ¿Una epidemia?», *Anales Españoles de Pediatría,* Madrid, 1998.

NEINSTEIN, L. S., *Salud del adolescente,* J. R. Prous, Barcelona, 1991.

ORIZO, F. A. y otros, *Juventud española 1984,* Fundación Santa María, Madrid, 1984.

RÍOS, J. A., *El malestar en la familia,* Centro de Estudios Ramón Areces, Madrid, 1998.

SOLSONA, M., y TREVIÑO, R., *Estructuras familiares en España,* Centro de Estudios Demográficos, Instituto de la Mujer, Madrid, 1990.